水中眼鏡《ゴーグル》の女

逢坂　剛

集英社文庫

目次

水中眼鏡《ゴーグル》の女

水中眼鏡《ゴーグル》の女

1

競泳用の水中眼鏡《ゴーグル》をかけた女が、格別珍しいというわけではない。しかし門倉《かどくら》千春は、ここへ泳ぎに来たのではなかった。

たくさんの変わった人間が、この市立病院を出入りする。しかし、水着ならぬ紺のスーツに身を固め、水中眼鏡をかけてやって来る女は、めったにいない。

しかもその水中眼鏡のレンズは、ラッカーか何かで真っ黒に塗りつぶされている。門倉千春は、まるで光のない星から落ちて来た異星人のように見えた。千春の噂《うわさ》が精神科のフロアを走り、医者が入れ替わり立ち替わりのぞきに来るまで、さして時間はかからなかった。

わたしはしかつめらしくカルテに向かいながら、付き添って来た母親の門倉佐和子に尋ねた。

「さて、詳しいいきさつをうかがうことにしましょうか」

佐和子は、細身の体を流行遅れの地味なワンピースに包んだ、五十がらみの女だった。度の強い眼鏡をかけ、いかにも神経質そうにせわしく瞬《また》きをする。

「十日ほど前でしたか、これが突然実家に電話をしてまいりまして、朝起きたら目があかなくなっていたと申すのでございます。何をばかなと思いましたが、娘は独り暮らしで心配なものですから、すぐにマンションへ駆けつけました。すると確かにまぶたがこちこちにこわばり、目がふさがっております。無理にあけようとすると激痛を訴えまして、体が突っ張ってしまうのです」

「コンタクト・レンズをしたままで、寝てしまったということはありませんか」

「ございません。目の方はいたって丈夫で、コンタクト・レンズや眼鏡には縁のない子ですから」

「眼科には行かれましたか」

「はい、すぐに連れてまいりました。もっとも、検査するのに一騒動でございましたけれど——」

医者が暗室で目に光を当てると、千春はたちまち狂乱状態に陥り、看護婦の制服を引き裂いてしまった。

医者は睡眠薬と麻酔薬、筋肉弛緩《しかん》剤などの力を借り、苦労して千春の目の検査をやりとげた。その結果、眼科的にはなんの異状もないことが分かったという。

そこで実家へ連れ帰り、しばらく様子を見たが、症状はいっこうに改善されない。目に少しでも強い光が当たると、精神状態が不安定になり、発作《ほっさ》を起こす。

日がたつと、光に対する恐怖感がさらに募り始めた。普通のサングラスでは間に合わなかった。目を光から完全に遮断するために、水中眼鏡が必要になった。レンズを黒く塗りつぶし、一筋でも光が侵入しないように、ぴたりと眼球をおおうのである。そうしなければ、不安で夜も眠れなくなった。

数日後、もう一度眼科医を訪れたが、結果は同じだった。千春の目は、眼科的にはまったく問題がなかった。角膜にも虹彩《こうさい》にも異常はなく、視力は正常に働くはずであった。ただまぶたが硬直して、どうしても目をあけることができないのだった。

佐和子はハンカチを出して鼻の脇を押さえた。

「先生がおっしゃいますには、これは精神的なものが原因になっているに違いない。眼科医の手には負えないので、一度精神科で診《み》てもらったらどうかと勧められたのです。それでわたくし、主人とも相談いたしまして、こちらへうかがったようなわけでございます」

「なるほど、それは適切なアドバイスだったと思いますよ」

「はい。ただわたくしも娘も、こういうところへうかがうのは初めてなものですから、正直申しまして不安で仕方がありませんの」

「お気持ちは分かります。ですが心配はいりませんよ。人間はだれでも、程度の差こそあれ悩みを抱えています。精神科を訪ねてみようと決心されただけでも、半分は治ったようなものです」

佐和子はほっとしたようにうなずいた。

わたしは千春に目を移した。

千春は見たところ二十七、八歳の、驚くほど美しい体の線の持ち主だった。背は百六十センチそこそこだが、脚が長く、形がいいので、実際よりもずっと長身に見える。胸は高く張り出し、腰も熟れた果物を思わせる豊かなカーブを描いていた。

ただその顔を見ると、首から下の美しさが嘘のように思えた。ふくらみをもった黒い眼鏡が、まるで怪奇映画に出て来る半魚人の目のようにわたしを睨《にら》んでいる。髪は眼鏡のバンドで締めつけられ、くしゃくしゃだった。顔色は気味が悪いほど青白く、ぽつぽつと吹き出物ができている。目の周囲は、眼鏡のゴムがしっかり食い込んでいるために、赤黒く変色していた。鼻も唇も、本来の形は悪くないのかもしれないが、異様な眼鏡のためにひどく歪《ゆが》んで見えた。

千春は膝の上で、ハンカチをもみしだいていた。診察室へはいってから、一言も口をきかない。

「千春さん。あちらで看護婦に、注射を一本打ってもらってください」

千春はいきなり名前を呼ばれ、戸惑ったようだった。これはわたしがいつも初診の際に使う手で、相手の警戒心を緩めるのになにがしかの効果がある。

「あの、なんの注射でしょうか」

千春が聞き返した。固い声だが、教養を感じさせる口調だ。

「ただの精神安定剤ですよ。あなたのいやがる検査は一切しないと約束します。少なくとも今のところはね」

千春は曖昧《あいまい》にうなずき、黒い眼鏡をわたしに向けた。

「分かりました」

レンズの内側で目が見開かれているかどうか、急に眼鏡をむしり取りたい衝動に駆られる。

しかしわたしはさりげなく言った。

「注射が終わったら、寝椅子に横になって休んでいてください」

千春はハンカチを握り締めた。

「眼鏡は取りたくありません」

「構いませんよ、かけたままでいいです。わたしはお母さんともう少しお話があります。終わったら行きますから、待っていてくれませんか。あまり深刻に考えごとをしないようにね」

わたしは看護婦の宮山美雪を呼び入れ、注射の指示をした。美雪はいつもの悪い癖で、千春を好奇心のこもった目でじろじろ品定めした。彼女は精神科にはまったく向いておらず、したがってどの科にも向いていない看護婦だった。その肉感的な体つきから、看護婦の制服を売り物にするソープランドが似合いかもしれない。

美雪が千春を連れて出て行くと、わたしは佐和子の方に向き直った。

「お嬢さんのことを少しうかがいます。独り暮らしということですが、独身ですか」

「はい、現在は」

「とおっしゃいますと、結婚の経験はあるわけですね」

「はい。千春は一人娘なものですから、三年前、あれが二十五のときに、婿養子をとって独立させたのです。ところが昨年、夫をなくしてしまいまして、一度わたくしどもの家へもどりましたの。ところがどうしても自立したいと申しますので、改めてマンションを借りてやった次第でございます」

「ご主人をなくされたといいますと、病気か何かで」

佐和子は目を伏せた。

「いいえ、あの、ちょっとした事故で――」

「どんな事故ですか」

佐和子は咎《とが》めるようにわたしを見上げた。わたしはできるだけ愛想よく言った。

「別に好奇心でお尋ねしているわけではありません。これに限らず、お嬢さんの病気に関係があるかもしれないことは、全部お尋ねするつもりです。プライベートなことも含めてね。その辺はご理解いただかないと」

佐和子はまた目を伏せた。

「分かりました。千春の夫は、焼死したのです」

「焼死というと、つまりその、焼け死んだとおっしゃるのですか」

「そうです。自宅から火を出しましてね、千春はなんとか助かったのですが、夫の方は逃げ遅れてしまいましたの」

「それはお気の毒でした。火事の原因はなんだったんですか」

「よく存じません」

わたしは佐和子の目が、度の強い眼鏡の後ろで、落ち着きなく動くのを見ていた。

「火事の場合、警察や消防署が徹底的に原因を究明するはずですがね」

「警察の話では、石油ストーブの故障による失火だということでございました」

「石油ストーブの故障。メーカーに苦情を申し立てましたか」

「は」

佐和子は虚をつかれたように、わたしを見返した。

「故障が製造上のミスによるものなら、メーカーを訴えることもできますからね」

「いいえ、それはいたしませんでした。そんなことをしても、死んだ人間が生き返るわけじゃございませんしね」

わたしはそれ以上追及するのをやめ、話題を変えた。

「お嬢さんのご主人はお勤めだったのですか」

「いえ。夫婦で何人か人を使いまして、レストランをやっておりました。わたくしの主人が資金を出して、店を持たせてやりましたの。千春は小さいときから料理が好きで、レストランを開くのが夢だったのです」

「するとご主人は、コックさんか何かだったわけですか」

「いいえ、全然。高等学校の教師をしておりましたのを、千春がどうしても結婚して一緒にレストランをやりたいと申しまして。それで学校をやめて、レストランの支配人になったというわけでございます」

「なるほど。――ところで、お二人の夫婦仲はどうだったのですか」

佐和子は窓の外へ目を向けた。花冷えの空が、どんより曇っている。

「子供ができなかったこと以外、特別問題はなかったと思います」

「率直なところ、お二人は仲がよかったのですか、悪かったのですか」

佐和子はちょっと言いよどんだ。

「特に仲が悪いということはなかったと思います。ただ娘がたまにこぼしておりましたのは、なんでも焼き餅がきつかったと」

「ご主人が嫉妬《しっと》深かったということですか」

「そう申しておりました」

「どんな風に」

「それはわたくしの口から申し上げるよりも、娘から直接聞いていただいた方がようございますわ」

わたしはカルテを見下ろし、少し時間をおいた。

「お嬢さんのご主人の嫉妬には、いくらかなりと根拠があったのですか」

佐和子は眉をひそめた。

「それはどういうことでございますか」

「例えばですが、お嬢さんの服装や生活が派手だったとか、男友だちがたくさんいたとか、そういうことはありませんでしたか」

「先生は千春が浮気していたとでもおっしゃるのですか」

「そうは申しません。しかし夫の異常な嫉妬が、かえって妻を浮気に走らせる原因になることがあるものですからね」

佐和子はそろそろと肩を落とした。

「千春に限って、そのようなことは絶対にありませんわ。街で男性とすれ違っただけでも、手を洗うような潔癖《けっぺき》な子ですから」

わたしはそのことをカルテに書き込んだ。潔癖すぎる女の大半は、いろいろと問題を抱えているものだ。

「では奥さん、あちらでお嬢さんと直接お話をすることにします。しばらく外でお待ち願いましょうか」

2

小寺五郎はコーヒーをすすり、上目遣《づか》いに門倉千春を見た。

「奥さんに頼みごとをされるなんて、光栄だな。ぼく、なんでもしますよ」

小寺は少し猫背の、背の高い若者だった。多過ぎるほどの髪を真ん中で分け、自然に前に垂らしている。顔色は生気がないが、目だけはきらきらと輝いていた。

千春は目を伏せ、テーブルの表面を人差し指でなぞった。

「こんなこと頼める人、あなたしかいないの。体裁が悪くて、ほかの人にはとても言えないわ」

背筋をまっすぐに伸ばした姿勢で、ささやくように言う。千春は体の線がはっきり出る、ニットのワンピースを着ていた。

小寺はその胸のあたりをちらりと見やり、喉《のど》を小さく動かした。落ち着きのない仕種《しぐさ》で髪を掻《か》き上げる。

「で、どんなことなんですか、頼みって」

千春は目を伏せたまま、スプーンでコーヒーを掻き回した。

「いやな仕事なの。やりたくなければ、正直にそう言ってね」

「なんでもするって言ったでしょう」

小寺は少し前かがみになり、千春の方に耳を向けた。喫茶店の中は、暇そうな女子大生たちのおしゃべりで、かなり騒がしい。

千春も体を傾けた。小寺の目の前で、ワンピースの胸が息づく。

「今度の月曜日の夜、市内の飲食店組合の幹事会があるんだけど、知らないかしら」

「ええ、知ってますよ。マスターが出席することになってるやつでしょう」

「そうなの。会合は七時から九時なんだけど、いつもそのあと二次会へ流れるらしくて、主人が家に帰るのは二時か三時になるの」

小寺は千春の胸から目をそらそうとしながら、さりげない口調で言った。

「たまには羽を伸ばすのも、いいんじゃないですか」

少し間があく。

「仲間の人たちと、ほんとにお酒を飲みに行くのならいいの」

小寺は目を上げた。千春がほほえむ。

「お酒だけじゃなくて、一時的に欲望を処理する場所へ行くのも、別に構わないの。トルコとか、今はソープランドっていうのかしら、そういう場所っていろいろあるでしょ」

小寺は曖昧な笑いを浮かべた。

「奥さんがそんなに寛大だとは思わなかったなあ」

「わたしがいいって言ったのは、あくまでそれが一時的なものならば、ということなの。だけどそれがもし、一時的でなかったら、わたしだって許せないわ」

小寺は真顔にもどり、じっと千春の顔を見詰めた。一語一語、嚙《か》み締めるように言う。

「奥さんは、マスターに、特定の愛人か何かがいると、そう思ってるんですか」

千春は一度目を伏せ、それから少しずつ視線をあげた。

「それを確かめたいのよ。月曜日の夜、主人のあとを尾行してくれない」

小寺は目をぱちぱちとさせ、口をあけた。

「尾行ですって」

「ええ。会合が終わったあと、主人がほんとうに仲間の人たちと息抜きに行くのかどうか、確かめてほしいの」

小寺はすぐには答えず、たばこに火をつけた。天井に向かって煙を吹き上げ、怒ったように言う。

「店の方はどうするんですか」

「休みをとればいいじゃない。月曜日はあまり忙しくないし、キッチンの方は山根君一人で大丈夫よ。主人の代わりにわたしがお店に出るし、何も問題ないわ」

小寺はもう一口吸い、急にたばこをもみ消した。

「別にマスターの肩を持つわけじゃないけど、浮気をするような人には見えないですよ」

「それがはっきりすれば、わたしも気がすむと思うの。婿養子を取って浮気されたんじゃ、どうしようもないでしょ。どう、やってもらえるかしら。たいしたことはできないけど、お小遣い程度のお礼ならできるわ」

「お礼なんて」

小寺はそう言ったが、目は千春の胸のあたりをまたちらりと盗み見た。純金のペンダントの鎖が、胸元からのぞいている。千春がそれを肌身離さず着けていることを、小寺はよく知っていた。

「でも、それくらいさせて。興信所を使うことを考えれば、安いものだわ。もちろんその中には、口止め料もはいっているのよ。主人だけじゃなくて、山根君とかお店の女の子にも内緒にしてもらわないと」

千春は小寺を見据えた。小寺は気後れして目をそらした。相棒のコックやウェートレスには、言われないでも内緒にしておくつもりだった。

「分かりました。むずかしいと思うけど、なんとかやってみますよ」

千春はにっと笑った。

「尾行って、意外に簡単なものよ。人間って、わりと後ろに気をつけないから」

3

門倉佐和子が出て行った。

カルテに書き込みをしていると、宮山美雪がドアをあけてはいって来た。

「坪田先生、処置しておきました」

「ああ」

美雪はそばへ来ると、低い声で言った。

「今夜時間ある」

わたしは顔を上げた。美雪は軽く顎《あご》を突き出し、胸を張った。小柄で太りじしだが、乳房の形はいい。この女は、自分の体のどこに男の目を引きつけるべきか、本能的に心得ている。

「今夜は予定があるんだ」

美雪の唇が引き締まった。

「これで三回連続ね、断られたの」

「たまたま都合《つごう》が悪いんだから、仕方がないじゃないか」

「だれか好きな女でもできたの」

わたしはカルテを投げ出し、立ち上がった。

「妙な言いがかりをつけるのはよせよ」

美雪は顔を紅潮させ、流し台の前へ行った。腕を組み、天井を見上げる。白衣に包まれた尻が、挑むように揺れた。

わたしは美雪の後ろに回った。

「今の件はあとで相談しよう。なんとか時間をやりくりできるかもしれない」

美雪はふてくされたように肩をゆすった。

ぴんとのりの張ったキャップを見下ろす。短い髪の襟足《えりあし》に、剃刀《かみそり》を入れたあとが青あおとしていた。

わたしが黙っていると、美雪は尻を腰に押しつけてきた。その尻はフットボールのように固く締まり、しかもよく弾んだ。我知らず下腹部が充血するのを感じる。

美雪は体をくねらせた。

「あたしたち、一緒になってもうまくやっていけると思わない」

「やめてくれ。そういう話はしない約束だろう。おれたちは、大人同士の付き合いをしてたんじゃなかったのか」

　美雪は尻を微妙に上下にこすりつけながら言った。

「あたしも最初はそのつもりだったけどね。あたしたち、セックスが合うのよ。それは認めるでしょ」

「結婚はセックスだけじゃないからな」

「でも大半はセックスだわ。そろそろお互いに身を固めてもいいんじゃない」

「少なくともそれは、今ここで話し合うべき話題じゃないね」

　美雪はわざとらしく笑い、体を回した。自信たっぷりにわたしの手を取り、自分の胸元へ誘う。逆らおうとしたが、無駄だった。わたしの手は意志を失ったように、白衣の内側へ引き込まれた。美雪はブラジャーをしておらず、じかにキャミソールをつけていた。指の下で、たちまち乳首が固くなる。

「あんたは、女なしではいられない人なのよ。自分でも分かってるくせに」

「そうだとしても、その女がきみでなきゃならん理由はないさ」

　美雪は顎を突き出し、低い声で笑った。

　わたしは手を抜き、口元をこすった。美雪の言うとおりだった。わたしは心の中で嫌悪感を抱きながら、美雪の肉体には大いに未練があった。後腐れさえなければ、美雪は最高の遊び相手といえた。しかし結婚の対象として考えられる女ではない。医者という立場からすれば、これは危険の多い火遊びだった。できるだけ早く決着をつけなければならない。もしそれが可能ならばだが。

わたしの心中を察したように、美雪は体を押しつけてきた。

「とにかく今夜時間作ってよ。久しぶりに楽しみたいの」

肉感的な唇にちろりと舌を這《は》わせ、涙ぐんだような目でわたしを見る。もう下着を濡らしているに違いなかった。感度がいいことでは、むき出しの電線のような女なのだ。

わたしは溜め息をついた。

「夕方電話をくれ。調整しておくから」

ぶっきらぼうに言い、カルテを取り上げて仕切りのドアに向かった。

美雪がキャップの具合を直しながら言う。

「それにしても変な患者ね、水中眼鏡をかけたままやって来るなんて。病院にプールでもついてると思ったのかしら」

それから、自分の軽口が気に入ったように、機嫌のいい笑い声をたてた。

わたしはその部屋を談話室と呼んでいた。分析療法を行なうために、特別にこしらえさせた部屋だった。病院のイメージを消すために、書斎と居間を一緒にしたような造りにしてある。患者を落ち着かせ、不安感を取り除くのが狙いだ。

厚いカーテンが窓をおおっているので、室内は薄暗かった。テープでモーツァルトの音楽が低く流れている。

門倉千春は、書棚の前の寝椅子に横たわっていた。気配を察して、わたしの方に顔を向ける。頬にかすかな不安があった。黒いレンズが、雪に落ちた石炭のように見える。

「どうです、気分は」

わざと気軽な口調で声をかける。

「ええ——大丈夫です」

寝椅子に伸びた千春の体は、思わず見とれるほど美しかった。相手の目が見えないことを忘れて、どぎまぎしてしまった。

できるだけ平静な声で言う。

「何も心配いりませんよ。今日は少しだけあなたにお話をうかがうことにします。答えられる範囲で答えてくれればいいんです。思い出せないことや話したくないことは、無理に言う必要はありませんからね」

「はい」

わたしは千春の頭の斜め後ろにあるソファに腰を下ろした。

千春はもぞもぞと体を動かした。額に手をやりながら言う。

「今日は暑いですね」

「そうですか。四月にしては、ちょっと寒いくらいだと思いますが」

「わたしは暑いんです」

千春は頑固に言い張った。

「じゃあ窓をあけますか」

「いいえ、あけないでください。明るくなりますから」

「この部屋が今、どれくらいの明るさだか見えるんですか」

少し間があく。

「いいえ。でも感覚的に分かるんです。薄暗い感じがします」

「そのとおりです。かりにその眼鏡をはずしても、目に負担がかからない程度の明るさです」

千春の肩がこわばった。

「眼鏡は取りたくありません」

「いいですとも、あなたがそうおっしゃるならね」

「暑いので、ガスストーブや石油ストーブはつけないでください」

わたしは飛び出た黒いレンズを見た。

「つけませんよ。だいいちそういったものは、この部屋にはありません。何が心配なんですか」

「別に。それから先生は、たばこをお吸いになりますか」

「いや、十年以上前にやめました」

千春の肩が緩む。

「よかった。わたし、たばこがだめなんです。煙が嫌いなんです」

「患者さんとお話しするときに、たばこを吸う医者なんていませんよ。少なくとも、わたしたちの科ではね」

　千春は黙ってうなずいた。

　わたしは意識して、十五秒ほど沈黙を守った。それからおもむろに口を開いた。

「それでは、少し話をしましょう。気を楽にしてください。ここで話されることは、わたしとあなただけの秘密です。だれに知られることもありません。もちろんご両親にもね。分かりましたか」

「はい」

「では始めましょう。十日前の朝、起きたら目があかなくなっていたと、そういうわけですね」

「ええ」

「前の晩に、何か変わったことはありませんでしたか」

「変わったことと言いますと」

「そう、例えば夜道を歩いているとき、男につきまとわれたとか、しつこくいたずら電話がかかってきたとか、要するに怖い思い、不愉快な思いをしませんでしたか」

　千春はしばらく考えていたが、やがて思い当たるものはないと答えた。

「では寝ている間に、何か夢を見ませんでしたか」

　千春が反射的に唇をなめるのを、わたしは見逃さなかった。

「見ませんでした」

「よく考えてみてください。人間はだいたい一晩に、二つや三つ夢を見るものなんです。朝起きると、大半は忘れていますがね。あなたも何か見たんじゃありませんか」

千春はまた唇をなめた。

「そう言われれば、見たような気もします。でも思い出せません。忘れました」

突き放すような口調だった。喉がかすかに動く。

「あなた自身、目があかなくなったことについて、何か心当たりはありませんか」

「ありません」

「分かりました。話を進めましょう。昨年ご主人をなくされて、実家へもどられたそうですね」

千春は寝椅子の上で身じろぎした。

「ええ。母にお聞きになったんですか」

「そうです」

「主人は養子でした。両親とは別居していましたけど、実家へもどったというのは表現がおかしいと思います」

理屈っぽいが、頭の働きはいい。

「なるほど、そうでしたね。とにかく、ご両親の家へもどられたと」

「ええ。でも一緒にいたのは一カ月くらいです。すぐに独立して今のマンションにはいりました」

「どうしてですか。独り暮らしは何かと不便だし、寂しいでしょう」

「でも、とてもいいマンションなんです。ガスをいっさい使わずに、全部電気で生活できるようになっていて」

「なるほど、そういうマンションがあることは、話に聞いていますよ」

「お風呂なんかも深夜電力を利用するので、思ったほどお金がかからないんです。なんといっても、ガス爆発の心配がないのは安心ですね」

「それに火がないから、火事の心配もないわけでしょう」

千春は口をつぐんだ。返事をするまでに、長い時間がかかった。

「ええ」

「ついでだからお尋ねしますが、ご主人は火事でなくなられたそうですね」

千春が唾《つば》を飲むのが分かる。

「ええ。母にお聞きになったんですね」

「そうです。そのときのことを話していただけませんか」

千春の体が固くなった。胸の上で組み合わされた手に、ぎゅっと力がこもる。

「そのことは話したくありません」

「つらいことは分かりますが、話せば楽になると思いますよ」

「話したくないことは話さなくていいとおっしゃったでしょう」

声が甲高《かんだか》くなる。

「それはそうですが、これも治療の一環なんです」

千春は組んだ両手を、断続的に握り合わせた。手自体が別の生き物で、勝手に呼吸しているように見えた。

「思い出せないんです。そのときのことが、全然記憶にないんです」

「記憶にない」

「ええ。夜寝たことは覚えています。でも気がついたときは、病院にいました。母が、火事で焼け出されたことを教えてくれたんですけど、何も覚えていませんでした」

「寝る前と、気がついたあとのことは覚えているんですね」

「ええ」

「火事の間のことだけが、思い出せない。どうやって助かったかも分からないと」

「そうです」

わたしは少し間をおいた。

「ご主人とは恋愛結婚ですか」

「そうです」

「どちらが熱心でしたか。つまりその、結婚することに対してですが」

「それは——主人だったと思います。養子にはいることを承知したくらいですから」

あまり気の進まぬ口調だった。

「結婚してからの、ご主人との関係はいかがでしたか。二人でよく話をしたか、あまり口をきかなかったのか。一緒に外出したか、それとも別々に行動する方が多かったのか」

千春は握り合わせた手を離し、スーツの裾《すそ》を引っ張った。

「仕事が忙しかったせいもありますが、あまりべたべたした関係ではありませんでした」

「性生活のほうはいかがでしたか」

千春は手の動きを止めた。

「どういう意味ですか」

「量質ともに、正常な範囲にあったかということです」

「正常な範囲って、どの範囲をいうのでしょうか」

わたしは咳《せき》払いをした。

「率直に言いますと、お互いに不満がなかったかどうかということなんですがね」

「不満はありませんでした」

千春はきっぱりと答え、ぐいと顎を突き出した。黒いレンズが天井を睨む。

精神科の治療は、医師と患者の信頼関係の上に成り立つ。しかし治療の過程で、患者が医師を憎むこともある。それはそれで差し支えなかった。回復のために越えるべき障壁の一つなのだ。

「今日はこれくらいにしておきましょう。来週から週に二度ずつ、来ていただくことになります。曜日と時間は看護婦と相談して決めてください」

「二度もですか」

「それより少ないと、治療の効果が上がらないんです。今働いていらっしゃるんですか」

「目があかなくなるまでは、自宅で原稿を書いていました。雑誌などに、お料理や食べ物の話を寄稿しているんです」

「すぐにまた書けるようになりますよ。当分ご両親と一緒なわけですね」

千春は上体を起こした。

「マンションへもどりたいのに、母が許してくれないんです。先生からも言っていただけませんか」

「目が見えないのに、独り暮らしをさせたら危ないと思ってらっしゃるんでしょう」

「大丈夫です。週に一度来て、買い物だけしてくれたらそれでいいんです。あとは一人でできます」

わたしはスリッパを揃え、千春の手を取って床に助け下ろした。

「一応口添えはしてみましょう。できるだけ依存心をなくした方が、早期回復につながることは確かですからね」

千春の髪が軽く頬に触れ、かすかな香水の匂いが鼻をかすめた。

わけもなく胸が高鳴った。

4

小寺五郎は食べかけのスパゲティを押しのけた。

口の中がねとねとした。一週間前にゆでたような、ひどいスパゲティだった。カウンター越しに厨房《ちゅうぼう》をのぞく。コックの姿は見えなかった。どうやればこんなスパゲティができるのか、同じコックとして後学のために聞いておきたくなる。

ウェートレスを呼び、コーヒーを頼んだ。ウェートレスは何も言わずにスパゲティの皿を片づけてしまった。

飲食店組合の会合は、市内の『玄海』という料理屋の二階で開かれていた。小寺は通りの向かいの喫茶店にいた。窓側の席から、出入り口を見張る。『玄海』は大衆料理屋らしく、人の出入りが激しい。しかし組合の会合は二十名を超す団体で、見逃す心配はなかった。

九時少し前に、小寺は勘定をすませて喫茶店を出た。ヘルメットをかぶり、歩道の端に停めておいたバイクにもたれる。

たばこを吸いながら待っていると、九時十分過ぎに団体客が出て来た。人の塊の一番最後に、門倉功一の姿が見えた。店の前にぶら下がった大きなちょうちんの陰に、青白い顔がのぞく。口髭《くちひげ》が目印だった。門倉は酒が強く、いくら飲んでも酔わないし、顔にもほとんど出ない。

小寺が様子を見ていると、門倉はほかの仲間たちが三々五々歩き出すのに手を振り、一人で反対方向に歩き出した。横断歩道を、小寺のいる方に渡り始める。

小寺は顔を別の方角へ向け、目だけで門倉を追った。もし姿を見られても、フードつきのヘルメットをかぶっているので、気づかれるおそれはない。それに門倉は、革ジャンパーにブーツという、小寺のバイク姿を見たことはないはずだ。

門倉がタクシーを停める。小寺の方には見向きもしなかった。

小寺はバイクのエンジンをかけ、タクシーを追って走り出した。門倉が自宅へ帰る気がないことは、その方向を見てすぐに分かった。

タクシーは十五分ほど走り、目白坂《めじろざか》の静かな裏通りで停まった。門倉は三十メートルほど歩き、そばのマンションにはいって行った。間口はさして大きくないが、六階建ての小ぎれいなマンションだった。

小寺は電柱の陰にバイクを乗り捨て、門倉のあとを追った。階段を駆け上がり、ロビーにはいる。人影はない。急いでエレベーターホールへ向かう。

階数の表示盤に気を取られていたので、手前のメールボックスのコーナーから出て来た男とぶつかりそうになった。

門倉功一だった。

小寺はぎくりとして、足を止めた。門倉は手にメールの束を持っていた。口髭をぴくりとさせ、驚いたように小寺を見る。

「失礼」

門倉が言った。

小寺はもう少しで返事をしそうになったが、かろうじて声を押さえた。ヘルメットのフードを下ろしているので、相手からは顔が見えないことを思い出す。しかし確信はなく、冷や汗が出た。

軽く頭を下げ、黙って階段に向かった。できるだけ急がないように気をつける。門倉の視線が、背中に焼きつくのを意識した。わざと肩を揺すり、普段と歩き方を変える。

二階へ上がったところで、エレベーターの扉が開く音が聞こえた。小寺は階段から表示盤をのぞいた。

門倉の乗ったエレベーターは、最上階の六階までノンストップで上った。

小寺は階段を駆け上がるのをあきらめ、ロビーへもどった。メールボックスで六階の住人の名前を確かめる。

住居は各階に六戸ずつだが、六階のメールボックスに女の名前はなかった。念のため五階も確認する。やはり男の名前ばかりだった。

小寺は溜め息をついた。

こうなったら六階に張り込み、門倉がどの部屋から出て来るか、確かめるしかないだろう。

5

門倉千春は長めのフレアスカートの裾を気にしながら、寝椅子の上に横になった。華奢《きやしや》な足首だが、骨ばっているわけではない。ふくらはぎにつながる線が、ぞくりとするほど美しかった。

「マンションへもどったんです。母には週に一度来てもらうことにしました」

「それはよかった。不便を忍ぶ覚悟ができたということは、病気を治そうという意志がある証拠ですからね」

「でも思ったほど不便なことはありませんね。家具の配置なんかすぐ覚えられたし、もうぶつからずに歩けるんです」

「家の中にいるぶんにはそうでしょうね。そのうち近所へ、買い物にでも行ってごらんなさい」

千春は、水中眼鏡がちゃんと顔についているかどうか確かめるように、手で軽く触れた。

「でも、外へ出るのは、まだちょっと」

「怖い思いをすれば、自分の目を見開いて危険を避けようという気になります」

「そうでしょうか」

「今月一杯はお母さんと一緒に通院してもいいですが、来月からは一人で来てほしいですね。

帰りに白い杖《つえ》をお渡ししますから、それを使って外出する訓練をしてください」

　千春はストッキングに包まれた爪先を、内側に折り曲げた。

「白い杖ですか。まるで盲人のようですね」

「今のあなたは、生まれつきの盲人よりもっと始末が悪い。暗闇の生活に慣れていないだけ、危険度が高いといえます」

「杖があっても、当分一人歩きは無理じゃないでしょうか。マンションを一歩出たら、自動車やオートバイも走ってますし」

「それはあなたの覚悟しだいですよ。危ないと思ったときは眼鏡を取って、無理にも目をあけてごらんなさい。いつ自動車に轢《ひ》かれるかと思えば、きっと目が見えるはずです」

　千春は体をもぞもぞと動かした。

「ずいぶん乱暴な処方ですね。それも分析療法の一つなんですか」

「わたしの仲間で、分析療法で治らないときは、ボートのオールで背骨を叩きのめす医者がいます。たいていの患者はそれで音《ね》をあげて、治ったと自分で言うそうです。わたしはそこまではやりませんから、安心してください」

　千春はしばらく黙っていたが、やがて探るような口調で言った。

「からかってらっしゃるんでしょう」

「まるっきり作り話というわけじゃありません。緊張をほぐすために、多少話を面白くしたことは認めますがね。どうですか、少しは気分がほぐれましたか」

千春は肩の力を抜いた。

「気分が悪くなったようです」

「じゃあ大丈夫だ。気分が悪くなったのは、正常な反応です」

今度は含み笑いをする。

「わたし、学生のころフロイトを読みましたけど、こんなやり方だったかしら」

「わたしのやり方はフロイトとは違うんです。いわば流動療法とでもいいますか」

「流動療法。聞いたことないわ。どういう療法ですか」

「時と場所、相手に応じて、流動的に治療法を変えるやり方です。わたしの場合は、精神分析に行動療法を併用したりするので、学会では顰蹙《ひんしゅく》を買うことが多いですがね」

千春はブラウスの胸に両腕を引きつけ、鳩のようにくっくっと笑った。

笑い終わるのを待って、わたしは言った。

「さて、何も考えるのをやめて、頭の中を一度からっぽにします。深呼吸を三回してください」

千春は言われたとおりにした。形のいい胸が軽く上下する。

「では、これまであなたが目にした、一番美しいものを思い浮かべてみることにしましょう。風景や絵、あるいは一つの場面でも構いません。浮かんだら、口に出して言ってください」

千春は五秒ほどしか考えなかった。

「パリのサンジェルマンのレストランで食べた、フランス料理のフルコースが目に浮かんできます」

「フランス料理ね。それは面白いですね」

「わたし、お料理が大好きなんです。食べるのも、作るのも」

「ご主人とレストランをやってらしたそうですね。お母さんからうかがいましたが」

「ええ。コックを二人使って、まあまあ繁盛していた方だと思います。わたしもときどきキッチンにはいって、自分で作ったりしたこともあります」

「ご主人もですか」

千春はかすかに身じろぎした。

「いいえ。主人はお店の管理や経営の方を担当しました。学校の先生をしていたものですから、料理のことはまるで素人《しろうと》でした」

「ご主人をなくされたあと、お店はどうしたんですか」

小さく溜め息をつく。

「一カ月ぐらいあとに、居抜きで売却してしまいました。ショックが大きくて、仕事を続ける気力がなくなってしまったんです」

わたしはしばらく黙ったままでいた。千春は居心地が悪そうに、顎を小さく動かした。

「今度は、今までに一番不愉快だったことを思い浮かべてみましょう。いやなことや、怖かったことでもいいですよ。浮かんだらそう言ってください」

千春はしばらく黙っていたが、やがて重い口調で言った。

「やはり主人をなくしたことです。しかもそのときのことを、何も思い出せないのがつらくて」

「それを思い出したとき、あなたの目は見えるようになりますよ」

千春は頭を動かした。

「そうでしょうか」

「少なくともフロイトはそう言っています」

「どうやれば思い出せるんですか」

「ご主人のことを話してください。あなたはご主人を愛していましたか」

「もちろんです。どうしてそんなことをお聞きになるんですか」

「ご主人はあなたを愛していましたか」

今度は間があいた。

「愛してくれたと思います」

「愛し過ぎて、あなたを悩ませたことはありませんか」

斜め後ろから見ていると、千春の唇が引き締まった。怒ったように言う。

「母が何か言ったんですか」

「別に何も。直接あなたから聞くように言われました」

千春は軽く咳払いした。

「主人は少し、焼き餅焼きだったかもしれません。でも男の人って、多かれ少なかれそうじゃないんですか。現にわたしの友だちのご主人も——」

わたしはそれをさえぎった。

「あなたのご主人の話をしてるんです。どんな風に焼き餅を焼いたんですか」

千春は肩をもじもじさせた。

「どんな風にと言われても——。ごく普通の焼き餅です」

「例えば」

「例えば、主人は組合の会合などで、ときどき家を留守にしましたけど、そういうとき会場から、よく自宅に電話してきました」

「よくってどれくらい」

「十五分か二十分おきくらいに」

「なんと言って」

「別に用事はないんです」

「あなたが家にいるかどうか、確かめようとしたんですか」

千春はしぶしぶうなずいた。

「そうだと思います」

わたしはあっさりと言った。

「その程度なら、どこにでもある話ですね。焼き餅のうちにはいりませんよ」

千春は不満そうに唇を結んだ。間をおいて、怒ったように言う。

「だからそう言ったでしょう、ごく普通の焼き餅だって」

「今のようなことを、あなたは焼き餅と考えていたわけですね」

「ほかにもありますけど」

「今程度のことでしたら、あまり参考になりませんね」

「休みの日に、短大時代のクラス会に出席したり、友だちと買い物に行こうとすると、ひどくいやがりました。外でだれか男の人と会うんじゃないかと、疑うんです」

「それもありふれた話ですね」

千春はむきになったように続けた。

「無理に出かけると、こっそりあとを追って来るんです。一度など、クラス会の会場までのぞきに来ました」

「奥さんのクラス会に一緒について行くご主人は、けっこういるんですよ」

「先生も、奥さまが外出されるとき、あとをつけたりなさいますか」

突然矛先《ほこさき》が向いてきたので、わたしはたじろいだ。

「さあ。わたしは独身なんです」

「ほんとうですか。話し方が落ち着いていてらっしゃるから、独身とは思いませんでした」

「それはどうも。しかし今はあなたの話をしてるんですよ。脇道にそれないでください」

「はい。——やはり主人は、普通より嫉妬深かったと思います」

「しかしご主人も、のべつあとをつけたわけじゃないでしょう。機嫌を悪くしながらも、おとなしく家で待っていた方が多いんじゃないですか」

千春の鼻孔がふくらんだ。

「それはそうですけど、帰ってからが大変でした」

「そういうとき暴力を振るう男も、それほど珍しくありませんよ。もちろん程度にもよりますが」

「ぶったりはしないんです。ただ――」

千春は急に言いよどんだ。

「ただ」

先を促すと、顔を書棚の方に背《そむ》けた。

「裸にして、体を調べるんです。男の人と浮気していないかどうか」

突然千春の裸が目に浮かび、わたしは口をつぐんだ。

千春はせき込むように続けた。

「それもありふれた話でしょうか」

「わたしの経験では、特別な例とまでは言えませんね」

「座敷牢にでも監禁されればよかったんですか」

皮肉な口調で言う。わたしはそれを無視した。

「ご主人の嫉妬に、思い当たることがありますか。気がつかないうちに、何か原因を作っていたとか」

「いいえ。わたしはお店のお客さま以外に、男の人と口をきいたこともありません。主人に疑われる覚えはまったくないんです」

「だとすると、ご主人の焼き餅は、あなたを苦しめたでしょう」

千春はいつの間にか、拳《こぶし》を握り締めていた。

「それはまあ、少しは」

「火事があった夜のことを思い出してください。覚えているところまででいいですから」

千春は不意をつかれ、はっと息を詰めた。

「別に、普段の夜と変わらなかったと思います。喧嘩もしませんでしたし」

「セックスはありましたか」

千春の耳たぶが赤くなった。

「覚えていません」

「覚えてないというより、思い出したくないんじゃないですか」

「先生は何がおっしゃりたいんですか」

千春は食ってかかった。

わたしはそれに答えず、ポケットに手をいれた。たばこを取り出してくわえ、ライターを使う。

門倉千春は反射的に体をびくりとさせ、寝椅子から頭をもたげた。手がカーディガンの裾を無意識に摑《つか》む。

たばこに火をつけ、千春に向かって煙を吐き出した。

千春は上体を起こし、顔の前の空気を手で払いのけた。

「先生はたばこをおやめになったんじゃないんですか」

声がとがっている。

「たまに吸いたくなることがあるんです」

わたしはたばこをふかし続け、千春を観察した。千春のこめかみに、小さな汗の玉が浮かんだ。体が小刻みに震える。

「窓をあけていただけませんか。たばこをやめていただくといちばんいいんですけど」

「あなたはたばこが嫌いなわけではないんです。ライターの音や、煙に対して嫌悪感があるんです。つまりそれは、火事の記憶につながるわけですがね」

千春のブラウスの背中が、汗でびっしょり濡れていた。


千春に白い杖を渡し、待合室へ連れ出す。待っていた母親の佐和子に、来月から千春を一人で通院させるように申し渡した。

佐和子は不服そうにしたが、千春がうなずくのを見ると、渋しぶ承知した。

初めて杖を使う千春に付き添って、一緒に玄関まで下りた。佐和子が会計に立ち寄っている間、わたしたちはベンチに腰かけて待っていた。患者や看護婦が、ちらちら千春の顔を見ながらそばを通り過ぎて行く。

ふと気がつくと、柱の陰からじっと千春を見つめている男がいた。ジーンズにチェックのシャツを着た、やや猫背の長身の若者だった。気のせいかもしれないが、千春を見る目に、単なる好奇心以上のものがこもっているように思えた。

わたしと目が合うと、若者は急いで柱にもたれ直し、週刊誌を読むふりをした。不自然な反応だった。

会計をすませて、佐和子がもどって来た。わたしは二人を送り出し、玄関からエレベーターホールに向かった。

何げなく柱の方を見ると、例の若者は姿を消していた。

6

二時を回ると、昼食どきの戦争のような忙しさも一段落した。

小寺五郎はキッチンを相棒の山根進に任せ、奥の支配人室へ行った。門倉千春がソファにすわって待っていた。

マスターの門倉功一は、材料の仕入れのことで市場に行き、不在だった。夕方まで帰らないという。

「ゆうべ、どうだった」

千春が単刀直入に聞く。小寺は向かいのソファに腰を下ろし、帽子を取った。

「会合は九時過ぎに終わりました」

「主人が家に帰ったのは、午前一時よ」

小寺はたばこに火をつけた。

「知ってます。マスターは会合のあと、目白坂へ回りました。アビタシオン目白坂というマンションですけど」

千春は眉をひそめた。

「アビタシオン目白坂。知らないわ」

「小ぎれいなシティ・マンションですよ。マスターは六階の六一一号室を訪ねました。その部屋に三時間近くいて、十二時三十分ごろにそこを出ると、あとはまっすぐ帰宅しました」

小寺五郎は言い、千春の顔をじっと見た。どんな反応を示すか興味があった。

千春は唇の端をぴくりとさせただけで、表情を変えなかった。

「だれが住んでいるの、そこには」

「郵便受けの表示によると、矢吹丈二となっていました」

小寺は字を説明した。

千春は戸惑ったように瞬きした。

「矢吹丈二。男の人の名前ね」

「ええ。マスターの友だちじゃないのかな。聞いたことありませんか」

「そういう名前の友だちは、知らないわ」

小寺はぬるくなったコーヒーを飲んだ。

「とにかく男だったんだから、奥さんの心配は的外れだったわけだ。これで気がすんだでしょう」

千春は目を伏せ、同じようにコーヒーを飲んだ。

「男の人の名前が出てるからって、男の人が住んでるとは限らないわ」

小寺は肩の力を抜いた。それは小寺自身も考えたことだった。しかし千春が、そこまで知恵を巡らすとは思っていなかったので、少し驚いた。

千春は続けた。

「女性がマンションで独り暮らしをする場合、正直に女の名前を出しておくと不用心だって、どこかに書いてあったわ。そういうときは、わざと男の名前にするんですって」

「矢吹丈二もそうだって言うんですか」

「分からないけど、その可能性もあると思うの」

二人は口をつぐんだ。

小寺は千春の、目の粗《あら》いニットに包まれた胸を見た。例のペンダントの鎖がのぞいている。わけもなく嫉妬を覚える。それが門倉からもらった最初のプレゼントであると、千春に聞かされたことがある。

「矢吹丈二は男ですよ。それでいいじゃないですか。あれこれ嗅ぎ回ると、あとで後悔することになりますよ」

「そのままにしておく方が、後悔につながると思うの。きちんとしなければいけないわ」

小寺はたばこを揉《も》み消した。

「まだ続けるつもりですか」

「ええ。あなたさえ手を貸してくれるならだけど」

「ぼくにどうしろって言うんですか。矢吹丈二の部屋をノックして、あなたは男ですか、それとも女ですかと聞いて来いとでも」

「方法は任せるわ。とにかくその人の正体をつきとめてほしいの。男なら男でもいいんだけれど、素姓《すじょう》だけははっきりさせておかないと。ホモということもあるから」

小寺はびっくりして千春の顔を見直した。透きとおるような白い肌に、美しい顔立ち。そんな千春の口から、今のような過激な言葉が出て来るとは、思ってもみなかった。

「奥さんて、わりと焼き餅焼きなんですね」

千春はかすかに顔を赤らめた。

「一時的な遊びなら、分からないようにしてさえくれれば、まだがまんできると思うの。でも、愛人を作って浮気をされるのは、許せないわ。だれだってそうでしょ」

きっぱりと言い、ハンドバッグから封筒を出した。

「これ、ほんの気持ちだけど、十万円。夜遅くまで働かせちゃって、悪いわね」

千春がそれを差し出すとき、ニットの編み目から肌色の下着がちらりと見えた。小寺はそれに気を取られていたので、反射的に封筒を受け取ってしまった。すぐにそれを押しもどしながら言う。

「困りますよ、こんなことされちゃ」

「いいのよ。その代わり、矢吹丈二のこと、お願いね」

押し返した千春の手が、偶然のように小寺の手に触れた。

その手を握り締めたくなる自分と戦うのに、小寺はひどく苦労した。

7

門倉千春は、しだいにたばこの煙をいやがらなくなった。

千春がストーブをつけないように言い張ったり、電気だけで機能する自分のマンションへもどりたがったのは、火事に対する本能的な忌避反応だったといえる。

そのことを指摘して以来、千春は煙や火に対して、最初ほど恐怖感や嫌悪感を示さなくなった。それはいい傾向だった。

しかし問題の火事のときのことは、相変わらず思い出すことができなかった。

その日千春は、胸元にリボンのついた白いブラウスに、若草色のスーツを着て病院へ現れた。

寝椅子に横になると、黒い水中眼鏡が、顔に張りついた邪悪な昆虫のように見えた。もしその姿を自分で見ることができたら、千春は二度とそれをかけようとしないだろう。

「今日は学生時代の話でも聞かせてもらいましょうか。あなたはどんな生徒だったのかな。勉強はできたの」

「中の上といったとこかしら。勉強はあまりしませんでした。本はよく読みましたけど」

「どんな本を」

「二十世紀の小説ですね。ドイツとかフランスの。お好きですか」

「いや、あまり読みませんね。どんな作家の小説ですか、よく読んだのは」

「ポール・モーランとか、ゲオルク・カイザーとか。ジュネも読みました」

千春はそれらの作家について、興奮したようにしゃべり始めた。確かによく読んでおり、生半可な読書ではないことが分かった。

とめどもなくしゃべり続けるので、わたしは適当なところで話題を変えた。

「本ばかり読んでたんですか」

千春は話の腰を折られ、不満そうに咳払いをした。

「山も好きでした。友だちと、よくキャンプなんかに行きました」

「キャンプね。ボーイフレンドとですか」

「いいえ。女子の友だちと」

「ボーイフレンドはいなかったの」

千春は組んだ手の親指を、くるくると交互に回した。

「いませんでした。女子校だったから」

「キャンプ場には男の子も来てますね。キャンプファイアのときに、仲良くなったりするチャンスがあったでしょう」

千春は少しおいてうなずいた。

「チャンスはあったけど、わたしは仲良くなりませんでした」

「どうして。暗い所で火が燃えさかるのを見ると、だれでも気分が昂揚《こうよう》して、開放的になるものです。一緒に歌をうたったりしているうちに、恋が芽生えたって不思議はない」

千春は黙っていた。呼吸がやや荒い。

「どうなんですか。そういう体験はなかったの。それとも自分で自分を規制してしまうタイプだったのかな」

千春は答えなかった。呼吸がますます速くなる。黙って見ていると、体が小刻みに震え始めた。やがて千春は、小さく喉を鳴らし、両手を顎まで引き上げた。無意識に体を縮めようとする。

「どうしました」

千春はあえぎ、とぎれとぎれに言った。

「思い——出しました。夢の——ことを」

「いつの夢ですか」

「あの、目が見えなくなった夜に、見た夢のことです」

わたしは一呼吸おいた。

「なるほど。それで、どんな夢でしたか」

「キャンプファイアの話で思い出したんです。高校二年の夏、野尻湖《のじりこ》へ行ったときのことでした。キャンプファイアでどこかの男子校の生徒が、捨ててあったマネキン人形を火にくべたんです。そうしたら人形が苦しそうに踊り出して——とっても怖かった。そのときのことを、そっくり夢で見たんです」

千春は言葉を切り、身を震わせた。顔色が悪い。

「火の熱にあぶられて、人形が踊ったように見えたわけですね」

「わたしには、熱くて苦しいのでもがいたように見えたわ。怖くて、かわいそうで、そのときわたしは気を失ってしまいました。ところが、友だちに抱き起こされて気がついたあと、何があったのか、なぜ気を失ったのか、どうしても思い出せなかったんです。それが今になって突然、失神したのはマネキンが燃えるのを見たせいだったことがはっきりしました」

「ちょっと整理してみましょう。つまり、長い間忘れていたマネキン事件を、つい先日夢で見たことによって思い出した。そしてその夢を見たことを、たった今思い出したというわけですね。ややこしいけれども」

「ええ。でもそれだけじゃないんです。なぜマネキンが燃えるのがそんなに怖かったか、なぜ気を失うほどショックを受けたか、その理由も今分かりました。一緒に思い出したんです」

千春の口の脇に、唾がたまった。唇がもどかしげにひきつる、心の葛藤《かっとう》をぶちまけるのに、言葉の速度が追いつかないようだ。

「あわてなくていい。落ち着いて、ゆっくり話してください」

「小さいとき、わたしはピーターパンが大好きでした。母が買ってくれたピーターのお人形が、わたしの宝でした。ところがある日、そう、あれは小学校六年生のときだったわ。父が、いつまでも幼稚園児みたいに、人形を抱いて寝るんじゃないと言って、ピーターを焚火《たきび》の中に投げ込んでしまったの。わたしの大事なピーターを――。ピーターは熱がって、暴れました。髪の毛がちりちりと燃えて、顔が溶け出したわ。ピーターは、熱いよぉって泣き叫んだけど、わたしは助けることができなかった。そしてとうとうピーターは、真っ黒焦げになって死んでしまいました――」

千春は水中眼鏡を両手でおおい、むせび泣いた。体が激しく震えた。

わたしはそのまま、しばらく千春を泣かせておいた。泣きやむころを見計らって、窓に暗幕を下ろす。部屋の隅のフロアスタンドだけを残して、明かりを全部消した。

千春のそばに立つ。快い香水の匂いが鼻をついた。

わたしは千春の手首を取り、顔からどけさせた。

「眼鏡をはずしてみませんか」

千春は体を固くした。

「いやです。はずしたくないわ」

わたしは千春の顔を見下ろした。最初来たときに出ていた吹き出物は、引っ込んでいる。

顔色は悪いが、肌はすべすべしていた。よく見れば、整った顔立ちの女だった。どうしても素顔を見たかった。

　しかし千春はかたくなに、眼鏡をはずすことを拒んだ。わたしとしても、そこまで無理強《じ》いすることはできなかった。治療効果を逆行させてしまうからだ。

「じゃ、眼鏡の縁を少し持ち上げて、涙を外へ流すだけならどうですか。そのままでは気持ちが悪いでしょう」

　千春は深く息を吸った。唇をなめ、しばらく考えている。それからようやく、おずおずとうなずいた。

「少しだけなら――。でもお部屋は、暗くしておいてください。光が当たると、がまんできないほど目が痛むんです」

「窓には暗幕が下ろしてあるし、明かりは隅のフロアスタンドだけです。直射光が目に当たることはありませんよ」

　ガーゼを取り出し、千春の頬の上に置く。眼鏡に指を当てると、千春は歯を食い縛り、顔をゆがめた。眼鏡の下で、ぎゅっと目をつぶるのが分かる。

　眼鏡を持ち上げたとたん、コップでもひっくり返したように、縁からどっと涙がこぼれ落ちた。急いでガーゼでそれを拭き取る。ガーゼはたちまちびしょ濡れになった。

　わたしは新しいガーゼを取り、眼鏡の内側に滑り込ませた。指先でまぶたをぬぐう。千春はそれを止めようとしたが、わたしは手を休めなかった。まぶたはかなりはれており、処女の股間のように固く閉ざされていた。

千春はわたしの手に指を添えたまま、かすかに唇を開き、喉を鳴らした。足を擦《こす》り合わせ、身をよじる。まるで下着の内側に指を入れられたように、息を弾ませていた。

わたしはガーゼを捨て、眼鏡を元の位置にもどした。千春はほっと体の力を抜き、自分で眼鏡の位置を直した。

窓へ行って暗幕を上げた。いつの間にか、痛いほど勃起していることに気づく。こんな奇妙な興奮を味わったのは、久し振りだった。

やましさを隠すために、咳払いを一つした。声がふだんと変わらないように、注意しながら話す。

「一段階進歩しましたね。これまでは、眼鏡をずらすこともできなかったんだから。もうすぐはずせると思いますよ」

「そうでしょうか」

千春の声は上ずっていた。恥ずかしさと嬉しさが入りまじったような口調だった。

「目があかなくなった直接のきっかけは、今あなたが思い出した、マネキン人形の夢のせいでしょうね。あなたは子供のころ、ピーターパン、つまり自分の愛するものが燃えてなくなることに、強い恐怖感と絶望感を抱いた。そのときの精神的外傷が、数年後マネキン人形が燃えるのを見たことに触発されて、発現したというわけです。ただそのときあなたは、失神したためにそれを忘れてしまった。恐らく防衛機制が働いたんでしょう」

「防衛機制ってなんですか」

「それを意識することが、不愉快だったり苦痛だったりすることを、無意識のうちに意識の外へ押し出してしまう心的作用のことです。ところであなたの場合、せっかく忘れていたのに、マネキン人形が燃える夢を見てまた症状が発現してしまった。今度は失神ではなく、目があかなくなるという形でね」

千春はうなずき、寝椅子の上で姿勢を直した。体がゆったりする。

「なんだか気持ちが楽になりました」

「眼鏡を取ってみますか」

千春は唇をなめた。

「いいえ。まだ怖いわ」

そのとおりだ。千春の心の底には、まだ何かが隠されている。それを吐き出さない限り、眼鏡は取れないだろう。

「来週はちょっとした実験をしてみましょう。いいですね」

「どんな実験ですか」

「あなたが忘れているかもしれないことを、思い出させる実験です」

8

小寺五郎は公園の北側にあるあずまやにはいり、そわそわとあたりを見回した。ウィークデーの昼間で、しかも雨が降っているせいか、ほとんど人出がない。気温が下がり、肌寒いほどだった。あずまやには、小寺のほかにだれもいない。

たばこを二本吸ったとき、門倉千春が植え込みの間を抜けてやって来た。

千春はあずまやにはいり、傘を畳んで水を切った。

「悪いわね、せっかくのお休みに。それもこんな雨の日に呼び出しちゃって。デートの予定があったんじゃないの」

「そんな予定、ありませんよ」

小寺は怒ったように言い、たばこを揉み消した。

千春は小寺と並んでベンチに腰を下ろした。千鳥格子のフレアスカートの裾が、小寺のジーンズにかかる。千春は上にプルオーバーのピンクのセーターを着ていた。

「それで、どうだったの」

千春が言う。いつもこの調子で、無駄話一つせずに本題にはいってくる。それが小寺には不満だった。まして今日は木曜の公休日で、いつものように店の支配人室や、近所の喫茶店にいるわけではない。時間もたっぷりあるのだ。少しくらい世間話をしてからでもいいではないか。

小寺は新しいたばこに火をつけた。

「矢吹丈二は、やっぱり女でした」

意地悪な気持ちになり、ずばりと言う。千春の呼吸が一瞬止まったようだった。

「そう」

「少なくとも矢吹の部屋に、男はいないと思いますね。女が一人で住んでるだけです」

「どういう素姓の人なの」

「黄金町の『エル・ドラド』というクラブの、ホステスなんです」

「ホステスですって」

一週間前の休みの日、小寺はヘルメットと眼鏡で宅配便の配送係に変装し、それらしい荷物を用意してアビタシオン目白坂を訪れた。六一一号のインタホンを鳴らし、宅配便を届けに来たと言って、うまくドアをあけさせることに成功した。

女が出て来たところで、部屋を間違えたふりをして引き下がったが、相手の顔はしっかり覚えた。ついでに玄関の周辺に、男物の靴や傘、コートなどが見当たらないことも、抜け目なく確かめた。

マンションの外で張り込んでいると、夕方になってその女が出て来た。女は近所の美容院に寄り、髪をセットして黄金町のクラブ『エル・ドラド』へ出勤したのだった。

話を聞き終わると、千春はかすかに唇をゆがめた。

「その人、名前はなんていうの」

「本名じゃなくて源氏名《げんじな》かもしれないけど、店ではマミって呼ばれてました」

「マミ――。でもどうして分かったの、源氏名が」

「店にはいって、席についた別のホステスに聞いたんです、あの子なんて名前って」

千春は小寺を見上げた。

「ずいぶん大胆なことするのね。気づかれたらどうするの」

「昼間は変装してたし、どうせ覚えてやしませんよ。もっとも、もしそのときマスターが店へ来たりしたらやばかったけど」

「それはともかく、ああいうとこって、お金がかかるんでしょ」

「お金はこの間、奥さんからたくさんもらいましたから」

「ばかねえ、そこまでしなくてもよかったのに」

千春は媚《こ》びるように、小寺の肩口を軽く叩いた。それから急に眉を曇らせて、すぐそばの花壇に目を移した。

「やっぱり女を作っていたのね。思ったとおりだわ」

小寺はたばこを地面に落とし、ブーツのかかとで踏みにじった。

「しかしマスターは、いつその店に通うのかなあ。そんな時間があるとは思えないけど」

「店にはめったに行かないと思うわ。会合なんかがあると、その女を休みにさせて、マンションへ行くのよ。そう言えば今日だって、仲間の家で麻雀《マージャン》すると言って出かけたけど、どこへ行ったか知れたものじゃないわ」

吐き出すように言う。千春の目はじっと花壇の花を睨みつけていた。小寺は少し背筋が寒くなった。しかしその目の光を見ると、別の意味でぞくぞくした。急激に動悸《どうき》が高まり、息が苦しくなる。

「そのマミっていう女だけど、どんな感じの人なの」

千春が抑揚のない口調で言う。

「ええと、年は三十くらいかな。ぼくが観察した限りでは、あまり笑わなくて、どちらかというと暗い感じの女に見えたな」

「魅力的な人」

「全然。化粧が濃くて、少なくともぼくの好みじゃありませんね。奥さんの方がずっときれいですよ。マスターの気が知れないなあ、まったく」

千春はちらりと小寺を見て、恥ずかしそうに目を伏せた。

「小寺さんて、お世辞がうまいのね」

「お世辞じゃないですよ」

小寺は口をとがらせ、ベンチの背にもたれた。肩がぶつかり、千春は申し訳のように体をずらした。

「ね、二人が一緒にいるところを、こっそり写真に撮れないかしら」

「なんのために」

「動かぬ証拠を突きつけられれば、主人も言い逃れができないと思うの」

「離婚訴訟でも起こそうっていうんですか」

「そこまでするつもりはないわ。ただわたしは、主人に反省してもらいたいの。もしそれで浮気をやめてくれなければ、今度は考えるけど」

小寺はブーツのかかとで土を蹴った。

「あまり気が進まないなあ。それに四六時中見張ってるわけにいかないしね、お店があるから」

「来週のお休みの日に、主人のあとをつけてくれないかしら。わたしは法事で朝からいなくなるの。その日は実家に泊まるつもりよ。主人はきっと、そのマミとかいう女のところへ行くと思うの。どこかへ一緒に出かけるかもしれないわ。そうすれば、写真を撮るチャンスがあるはずだわ」

千春は熱のこもった口調で言った。

「まあ、友だちにカメラマンがいるから、望遠レンズくらいは貸してもらえますけどね」

千春は急いでハンドバッグをあけ、中をのぞき込んだ。白いうなじが小寺の目を射る。小寺は思わず唾を飲んだ。

千春は財布を出し、一万円札を何枚か抜いた。それを小寺に差し出す。

「これ、何かの足しにしてちょうだい。お友だちにも、お礼しなくちゃいけないでしょ」

「お礼なんかいいんです。ただ——」

小寺は札を押しもどすと、やにわに千春にむしゃぶりついた。有無を言わせず唇を奪おうとする。

「何するの」

千春は顔を背け、小寺を押しのけようとした。小寺は千春の肩に長い腕を回し、必死で唇を追いかけた。

「奥さん、お願いです。ぼくは前から——奥さんが、好きだったんです」

切れぎれにささやきながら、懸命に千春を抱き締める。千春はしばらく首を振ってあらがっていたが、やがてあきらめたように力を抜いた。

小寺は無我夢中で、千春の唇に吸いついた。それを思うさまむさぼる一方、右手であわただしく乳房を探る。千春はもう逃げようとせず、されるままになっていた。

やがて小寺は唇を離し、荒い息を吐いた。

千春は小寺を押しのけ、ハンドバッグを抱えてベンチを立った。髪のほつれを直し、小寺を見下ろす。ほとんど息を乱していない。

「それじゃ、お願いね。約束よ」

小寺はベンチにへたり込んだまま、千春が植え込みの間を遠ざかるのを見送った。夢を見ているような気分だった。千春の唇と乳房の感触が、押されたばかりの烙印《らくいん》のように熱く残っている。

ふと気がついて地面に目を向けると、そこに数枚の一万円札と並んで、何か光るものが落ちていた。金のペンダントだった。

札をポケットにねじ込み、ペンダントを調べた。細い鎖の先に、ハート型のロケットがついている。蓋《ふた》をあけると、中が時計になっていた。

蓋の裏に文字が彫ってある。

『功一から千春へ。愛をこめて』

9

わたしが実験といったのは、実は麻酔分析のことだった。

それを知ると、千春はさすがに躊躇《ちゅうちょ》した。しかしあまり長くは迷わずに、それを受けることに同意した。

この療法は、患者の意志に反して行なうと効果がないばかりか、呼吸困難などの副作用を招くことがある。

念のため千春に、呼吸疾患があるかどうか尋ねる。ないという返事だった。肝臓や腎臓を患ったこともないという。条件は整った。

万一に備えて宮山美雪に酸素マスクを用意させ、わたしは硫酸アトロピンを〇・二五ミリグラム、千春の腕に皮下注射した。硫酸アトロピンは気管支を広げ、呼吸中枢を刺激する効能がある。

新しい注射器を用意して、バルビツール系の麻酔薬、アミタールの五パーセント溶液を十ｃｃ吸入する。千春の反応を観察しながら、一分間におよそ二ｃｃの割りで、ゆっくり静脈注射した。速度が速すぎると、眠り込んだり副作用が出たりするから、気をつけなければならない。

アミタールは心の緊張や不安を軽減し、抑制を解除する作用がある。これを注射された人間は、筋肉が弛緩して、意識がありながら半分眠ったような状態になる。

この療法が開発された第二次大戦当時は、敵のスパイや犯罪者を自白させるために用いられたこともあり、「真実の血清」などと呼ばれた。

薬物が注入されるにつれて、千春の反応が鈍くなり、腕から力が抜け始めるのが分かった。五分後に注射を終え、様子を見ていると、千春はほどなく理想的な半覚醒の状態にはいった。

まず干支《えと》を言わせてみる。千春はそれを間違いなく暗誦《あんしょう》した。次に英語で、一月から十二月まで唱えさせる。少し時間はかかったが、これも正しくやってのけた。

「どうですか、気分は」

「悪くないわ。ちょっと眠い感じですけど。体が綿のようになって、宙に浮いているみたい」

ややくだけた口調で答える。寝椅子に横たわった体の姿勢が、いくらか放恣《ほうし》になった。伸ばした膝の間が、わずかに開いている。

しばらく当たり障りのない会話を続け、千春の緊張を徐々に解いていく。

千春が完全にくつろいだころを見計らって、わたしは本題にはいった。

「さてと。この間あなたは、目があかなくなる前に見た夢のことを思い出しましたね」

「ええ」

「その夢が、目があかなくなった直接のきっかけになったとすれば、それを思い出した今、あなたは眼鏡をはずすことができるはずです。はずしても、もう目は痛まないと思います。はずしてみませんか」

「それはフロイトが、そう言っただけでしょう。わたしははずしたくないの」

千春は頑固に言い張った。

千春がまだ眼鏡に固執しているとすれば、夢は単なるきっかけにすぎず、真の病因は別にあると考えなければならない。やはりそれは、火事による夫の焼死に関係があるだろう。

「ご主人が亡くなった夜のことを、思い出してみてください」

「思い出せません」

「それは思い出そうとしないからです。さあ、記憶をたどってみて。逃げてはだめだ」

千春は顔を背けた。腹の上で、両手の指の爪を神経質にこすり合わせる。

「お酒を飲んだ記憶があります。寝る前、一緒に」

「それから」

「わたしはすぐに酔って、そのまま布団に潜り込んで寝てしまいました」

「それから」

喉がかすかに動く。

「目が覚めたら病院でした」

「嘘でしょう。家が火事になって、ご主人は逃げ遅れたが、あなたは助かった。ということは、あなたは燃え上がる家から、自分で逃げ出したわけです。覚えていないはずがない。あなたは今、なんでも正直に言える状態にある。さあ、言ってください」

「覚えていません」

「思い出す努力をするんです」

「わたし眠いわ。頭が働かないんです」

千春はけだるい口調で、はぐらかすように言った。

しばらく千春を見ていたが、口を開く気配はなかった。

わたしは無言で立ち上がった。

部屋の隅に待機している美雪に合図して、オーディオの準備をした。手にヘア・ドライヤーを持ち、千春のそばへもどる。いっさい物音をたてないように気を配った。室内はあらかじめ暗くしてある。

「先生。坪田先生」

千春が呼んだが、わたしは返事をしなかった。千春は首だけ起こし、不安そうにあたりの様子に耳を傾けた。

わたしは美雪にうなずいてみせた。美雪がうなずき返し、静かにテープデッキのボタンを押す。左右のスピーカーから、かすかな音が流れ始めた。ぱちぱちと何かがはぜる音、風が舞うような音。

千春ははっと上体を起こした。背筋が緊張する。唇が震えた。それもそのはずで、談話室に流れているのは、ラジオ局から入手した火事の効果音だった。

「先生――先生」

千春は甲高い声で叫び、腕を前に突き出した。わたしはドライヤーのスイッチを入れ、千春の顔にまともに熱風を吹きつけた。千春は悲鳴をあげてのけぞった。わたしは構わず、千春の顔を追って熱風を送り続けた。

千春は泣き叫び、寝椅子の反対側から床へ滑り落ちた。わたしは寝椅子の後ろに回り、なおも千春を攻め立てた。千春は床を這ってドライヤーから逃げようとした。

しかしわたしは千春を逃がさなかった。効果音がしだいに大きくなり、部屋を揺るがし始める。その効き目たるや凄《すさ》まじいもので、わたし自身目を閉じれば、燃えさかり、渦巻く炎が身近に迫るように感じただろう。

千春は泣きわめき、書棚につかまって立ち上がった。水中眼鏡におおわれた目を、宙に空しくさまよわせながら、手探りでドアの方へ向かう。頬が恐怖に凍りつき、口が醜く歪《ゆが》んでいた。

書棚とドアの間には、前もって移動しておいたテーブルが置いてある。千春はそのテーブルにぶつかり、床に倒れた。載《の》せておいた本が崩れ、千春の上に落ちかかる。効果音のテープは今やクライマックスに達し、思う存分千春を責めさいなんでいた。

突然千春は、眼鏡を自分の手でむしり取った。よろめきながら立ち上がる。何か叫び、腕を突き出してドアに突進した。

わたしはドライヤーを投げ捨て、千春を抱き止めようとした。

しかし遅かった。

千春はまともにドアの羽目板に激突し、一声発するとそのまま床に崩れ落ちた。

わたしは美雪の手を借り、千春を寝椅子に運んだ。

「大丈夫なの。ちょっとやりすぎたんじゃないかしら」

美雪が口を出したが、無視する。

頭を調べたが、どこにも異状はない。軽い脳振盪《のうしんとう》を起こしたらしいが、気を失ったのはむしろ精神的ショックが原因だろう。

千春は意識を取りもどさず、そのまま睡眠状態にはいった。

千春の目の周囲は、長い間水中眼鏡で締めつけられていたために、赤紫色にはれ上がっていた。わたしは美雪に、罨法《あんぽう》の用意をするように指示した。

千春の目を調べてみる。多少充血しているが、瞳孔や虹彩は正常に機能しているようにみえた。

罨法の用意が終わると、有無を言わせず美雪を談話室から追い出した。

冷たい硼酸水《ほうさんすい》に浸したガーゼで、千春の目の周辺をおおう。ガーゼの上から、まぶたを軽くマッサージした。ときどきガーゼを換え、一時間ほどマッサージを続けた。

やがて千春は目を覚ました。

わたしは千春の手を取った。

「何も心配しないでいい。わたしの言うことを、黙って聞いてください。いいですね」

千春は唇をなめ、おとなしくうなずいた。

「ちょっと荒療治をしたけど、もう終わりました。さっきあなたが火事だと思ったのは、記憶を刺激するためにわたしが仕組んだ嘘の火事なんです。分かりますね」

「ええ」

「さっきあなたは、自分で水中眼鏡を取ったんですよ。覚えているかな」

千春は唾を飲み、かすれた声で答えた。

「――いいえ。覚えていません。眼鏡はどこですか」

「もうありません。わたしが捨ててしまった。あなたは火事から逃げようとして、無意識に眼鏡をむしり取ったんです。自分でドアを見つけて、そっちへ向かった。あいにくあける前に羽目板にぶつかってしまったけど」

「目が冷たいわ」

「罨法をしてるんです。ガーゼでおおってあります。どうです、眼鏡を取っても痛くないでしょう。ガーゼ越しにいくらか光が当たってるんですがね」

千春はゆっくりとうなずいた。それから、なんの前触れもなく言った。

「思い出したわ。あの夜、わたしが目を覚ますと、部屋中に煙が立ちこめていました。火が燃えるのが見えたわ。わたし、怖くて怖くて、無我夢中で外へ飛び出したの。どうやって逃げたのか分からないけど、とにかく気がついたら外にいました」

「ご主人はどうしたんですか」

千春は小さくあえいだ。

「分かりません。姿を見なかったわ。あとになって、焼け跡から遺体が見つかったことを知らされたんです」

わたしは十秒ほど間をおいた。

「いやな質問をさせてもらいますよ。ご主人を置いて逃げ出したことで、何かわだかまりがあるんじゃありませんか」

千春は拳を握った。

「もちろんあります。でもわたし、火を見るとだめなの。恐怖感が先に立って、前後の見境がなくなるんです。主人には悪かったけれど、自分が逃げ出すのに精一杯でした」

「それはやはり、小さいときの精神的外傷のせいでしょう。そのことで自分を責めることはありませんよ」

「──ええ」

「ところで、火事の原因はなんだったんですか」

「主人が石油ストーブの火をつけたまま、灯油を注ぎ足そうとしたの。そのときに灯油をこぼして、それに火がついたと聞きました」

「お母さんの話では、石油ストーブの故障による失火だということでしたが」

「わたしにはよく分かりません」

千春はぐいと唇を引き結んだ。

アミタールによる麻酔分析も、決して万能ではない。気をつけなければいけないのは、患者がかならずしも真実だけを言うとは限らないことだ。

所轄《しょかつ》の警察署と消防署に行けば、当時の火事の記録があることは分かっている。しかし千春の眼鏡が取れた今、そこまで追跡する必要はないように思われた。

「それじゃ、ガーゼを取ってみることにしましょう。いいですね」

千春は唇をなめた。

「痛くないかしら」

「大丈夫だと思う」

わたしは千春の上にかがみ、そっとガーゼをはがしにかかった。千春の体に震えが走る。

「力を抜いて。何も怖いことはないよ」

はがしたガーゼをボウルに捨てる。

目の周囲がまだ少し赤いが、はれはだいぶ引いていた。まぶたが固く閉じられている。

「さあ、ゆっくり目をあけて。直射光はないから、安心していいですよ」

わたしは千春の顔に指をあて、まぶたを優しくもみほぐした。千春は体を動かし、溜め息をついた。まぶたがしだいに柔らかくなる。

指を離し、様子を見た。昆虫が羽ばたきするように、長いまつげが音もなく震える。ためらいがちな、小さな瞬きが数度。

やがて千春は、まぶしげに目を開いた。視線が宙をさまよう。

わたしは寝椅子を離れ、部屋の隅のフロアスタンドのところへ行った。笠の下の椅子にすわる。

「さあ、こっちを向いて」

千春は体を起こし、顔をわたしの方に振り向かせた。まだ焦点が定まっていない。

「わたしの顔を見てください」

視線をさまよわせていた千春の顔が、突然ゆがみ、苦しげな声が喉から漏れた。

「どうしたんですか。目が痛いんですか」

千春は震える手を目の前に掲げた。

「いいえ、痛くはないんです。でも――」

「でも」

千春は叫ぶように言った。

「先生の顔が見えないの。何も見えないんです」

10

小寺五郎は息をひそめた。

門倉千春は唇を嚙み、食い入るように写真を見詰めていた。手がかすかに震える。目の光がいつもと違っていた。怖いような目だった。

「やっぱりほんとだったのね。まさかと思っていたのに、女を作るなんて」

小寺が初めて耳にする、感情をむき出しにした声だった。

「正面から撮るチャンスがなかったんです。よく顔が見えないでしょう」

「主人はすぐ分かるわ。これがマミとかいう女ね」

「ええ」

「何よ、これ。スタイルはひどいし、着てるものは趣味が悪いし、こんな女のどこがいいの」

千春は吐き捨てるように言い、小寺を睨んだ。その目に狂気を見たような気がして、小寺は急いで視線をそらした。

二人は二週間前と同じ公園にいた。西側の池のほとりのベンチだった。少し離れたところで子供が釣りをしているだけで、近くに人はいない。

千春はワンピースにサンダルばきだった。普段着姿なのは、近所へ買い物に出たついでを利用したからだろう。してみると、今日は門倉功一は自宅にいるのだ。

「ゆうべ喧嘩したの、主人と」

唐突《とうとつ》に言う。

「どうしてですか」

千春は胸元に手をやった。

「主人からもらったペンダントをなくしてしまったのよ。どこを探してもないものだから、ゆうべ仕方なくそう言ったの。そしたら、例の皮肉っぽい口調で、いつも着けたままなのに、どこではずしたんだとか、さんざんいやみを言うの。まるでわたしが、浮気したとでもいうような口ぶりでね。それでわたしもついかっとして、喧嘩になっちゃったわけ。よほど女のことを言ってやろうかと思ったけど、まだ証拠がなかったから――。でもこの写真で、はっきりしたわね」

小寺はさりげなく上着のポケットに手を入れ、ペンダントを握り締めた。なんとなく返すのがいやで、ずっと持ち歩いているのだった。これが原因で、もし千春が門倉と離婚することにでもなったらどうしよう。

千春は小寺の顔色を読んだように、わざとらしく笑った。

「心配しないで。離婚するつもりはないから。ただわたしって、独占欲が強いのよね。主人の目が、わたし以外の女に向いていると思うと、気が狂いそうになるの。分かるかしら、この気持ち」

「ええ、まあ」

小寺は力なく答えた。

この前強引に唇を奪ったことが、千春になんの影響も与えていないことを知って、愕然《がくぜん》とする。そのことに少しでも罪悪感を持っていれば、門倉に対してこれほど厳しいことは言えないはずだ。

あれは千春にとって、飼い犬が手をなめるのを許した程度の意味しかなかったのだろうか。

11

病院の敷地の裏手に、古い沼がある。

この一年の間に、ザリガニ採りに忍び込んだ子供が二人、沼で溺《おぼ》れ死んだ。そのため、最近この沼を埋め立て、院内公園にする工事が進められていた。不慮の事故をなくし、患者や職員の新しい憩いの場所を作るという、一石二鳥の狙いだった。

沼に近い雑木林の取っつきに、古い物置小屋が建っている。ボートのオールや壊れた釣り具、使い古したマットレスなどがしまってあるだけで、今は使われていない。

わたしはときどき、その物置小屋を宮山美雪との密会の場に利用していた。夜中にそこで落ち合って、束の間の情事を楽しむのだ。多少ほこりっぽいのが難点だが、シーツを一枚持って行きさえすれば手軽にベッドができる。美雪はそうした簡便なセックスをことのほか好んだ。

たまたま二人の宿直が重なった夜、美雪は物置小屋へ行こうとしつこくわたしを誘った。

わたしは美雪の貪欲《どんよく》なセックスが、少々鼻につき始めていた。そろそろ別れ話を持ち出すチャンスかもしれなかった。そこで宿直を抜け出すことに多少抵抗はあったが、美雪の誘いに応じることにした。

とりあえず美雪を満足させるために、あわただしく体を交じえる。ありがたいのは、美雪の感度が抜群のために、絶頂に導くのにさして時間がかからないことだった。

ころ合いを計って、わたしはさりげなく切り出した。

「沼が埋めたてられると、この物置も取り壊されるな」

「そうね。そしたら、どこか新しいベッドを探さなくちゃね」

わたしは息を吐いた。

「それより、おれたちもそろそろ潮時じゃないか。これ以上関係を続けると、噂にもなるだろうし、お互いに損するだけだ」

暗闇の中で、美雪の体が固くなった。

「何よ、やぶからぼうに。別れたいって言うの」

「その方がいいだろう。もう十分楽しんだんだから、お互い未練はないはずだ」

「いやよ。わたしは絶対いや」

「よく考えろよ。きみはおれを愛してなんかいない。おれとのセックスが気に入ってるだけなんだ。それはおれも同じさ。おれたちは大人の情事を楽しんだ。そして大人の情事には、潮時というものがある。分かるだろう」

美雪は、こちらが不安になるほど、長い間黙っていた。

やがてしわがれた声で言う。

「女ね。やっぱり女ができたのね」

「そういうこととは関係ない」

美雪はまた間をおき、今度は気味が悪いほどやさしい口調で言った。

「あの頭のおかしい、水中眼鏡の女でしょ」

内心ぎくりとしたが、かろうじて声を平静に保った。

「何を言ってるんだ、ばかばかしい」

美雪は含み笑いをした。

「図星のようね。腕がぴくってしたもの」

「あれはただの患者じゃないか」

「とぼけないで。あんたの態度を見れば分かるわよ。この間眼鏡を取ったら、けっこうかわいい顔してたもの。あんたのことを頭から頼り切ってるし、ほうっておけない気持ちになっても不思議はないわ」

「精神科の医者と患者は、ある時期個人的な感情を持ち合うことがある。それはやむをえないことだし、また治療上必要とされてもいることだ。おれと門倉千春の関係は、それ以上でもそれ以下でもない。精神科の看護婦なら、とっくに承知しているはずだぞ」

「ほらほら、むきになるとこが怪しいわ。どうやら新しい愛人を見つけたようね」

「いいかげんにしてくれよ」

さもばかばかしいという口調で言ったが、美雪の動物的な勘にはぞっとさせられた。

美雪はわたしの手を取り、むき出しの下腹部に導いた。

「じゃ、そんな話はやめて、もう一度楽しみましょうよ」

わたしの手は筋無力症のようになえていた。

「もうもどらなくちゃ」

「大丈夫よ。いやだって言うの」

わたしは念を押した。

「さっきの話、考えておくんだぞ。それが二人のためなんだからな」

美雪は溜め息をついた。

「分かったわ。だから早くしてよ。今度は後ろからね」

わたしは仕方なく指を使い始めた。

美雪はすぐに気分を出して、尻を揺すり始めた。遠慮なく声を上げる。しだいに息遣いが荒くなった。

わたしが美雪の体を裏返しにしようとしたとき、突然物置の扉が音を立てて開いた。次の瞬間、強烈なライトに目を射られる。

「何してるんだ、こんなところで」

男の声が怒鳴った。

美雪は悲鳴を上げ、股を閉じた。白衣の陰から、黒ぐろとしたものがちらりとのぞく。

ぶざまにズボンを半分ずり下ろしたまま、わたしは呆然とライトを見詰めた。何かが音もなく崩れ落ちたような気がした。


噂は一日にして院内を駆け巡ったようだ。

翌日の夕方出勤してみると、わたしを見る同僚や看護婦の目が、はっきりと変わっていた。軽蔑と嫌悪の入り交じった、複雑な視線がわたしを突き刺す。

それでも何人かの医者が、わたしに無言の同情を示した。その理由は分かっていた。彼らはわたし以前に、美雪と関係を持ったことがあるに違いないのだ。

美雪はわたしよりずっと神経が太かった。すっかり居直ってしまい、周囲の視線をあからさまに無視する態度に出た。

わたしに対する口のきき方も、いっそうなれなれしくなった。これを機会にわたしとの仲を公然たるものにし、結婚せざるをえない状況に追い込もうとしているようにみえた。それを考えると、鳥肌が立った。

わたしは美雪に対して、怒りを通り越して憎しみを抱いた。もとはと言えば自分でまいた種だが、すべては美雪のせいだと決めつけた。美雪への憎悪と嫌悪感で、はらわたが煮えくり返っていた。

針のむしろにすわらされたような三日間が過ぎた。

四日めの朝、美雪は欠勤した。

わたしは精神科医長の大橋正人に呼び出された。大橋は映画に出てくる医者のように、いかにも白衣の似合う初老の男だった。精神科医のくせに、あるいは精神科医だからというべきか、右の目を断続的にくしゃくしゃさせるチックの症状がある。

「警備主任から報告を聞いたよ。四日前の夜、きみは看護婦の宮山美雪と、裏の物置小屋でいかがわしい行為に及んだそうじゃないか」

ウィンクしながら言う。もちろん当人は意識していない。

「弁解はしません。もっと早くお呼びがかかると思っていました」

「事実関係の確認に、慎重を期したのだ。それにしても、どうしてこんな破廉恥な真似をしてくれたのかね」

「警備主任は、いつからあんな時間に、あんな場所を巡回するようになったんですか」

大橋は両目をくしゃくしゃとさせた。

「それはどういう意味だ」

「今まで警備員が、夜中に外を巡回することはありませんでした。だれかがわたしたちのことに気づいて、警備員に密告したんだと思いますね」

大橋は赤くなった。

「だからと言って、それがきみたちの行為を正当化する理由にはならんよ」

「おっしゃるとおりです」

大橋はウィンクして、白衣の塵《ちり》を払った。

「きみたちが二人とも独身で、不倫な関係でなかったことは救いだ。しかし医療機関で働く者として、少々軽率だったことは認めるだろうね」

「確かに軽率でした」

「まあ男女間の問題は、まだ大目に見ることもできる。だが宿直勤務中に、職場を放棄して行為に及んだというのは、どう考えてもまずい。対内的にも、対外的にもね。これはどうしても、きっちりと責任を取ってもらわなければなるまい」

「退職しろとおっしゃるんですか」

大橋はウィンクと咳払いを一緒にした。

「宮山君には昨日、即時免職を申し渡した。それが職務規定だからね。ただしきみには、来月一杯余裕を見るつもりだ。依願退職のかたちを取ってもらう。わたしにできることはそれくらいだよ。その間に有給休暇を消化しても、もちろん構わん。身の振り方を考える時間も必要だろうし」

気持ちを整理するために、たばこに火をつける。厳しい処分だった。依願退職とはいえ、実際には免職と変わらない。

わたしは卑屈にならないように言った。

「どこか他の病院に、推薦状を書いていただけますか」

大橋は足を組んだ。せわしくウィンクしながら言う。

「きみが優秀な精神科医であることは、わたしも認めている。しかしこういう不祥事を起こした人物を保証するのは、わたしの立場としてはできないことだ。かりにわたしが推薦状を書いたとしても、この種の噂というものはあっという間に伝わってしまうし、結局は役に立たないだろう」

それを聞いて、この土地で医者としてやっていくことが、もはや不可能なことを悟った。今さらのように、美雪に対する憎しみが頭をもたげてくる。

わたしはたばこをていねいにもみ消した。

「分かりました。有給休暇は取らないつもりです。今担当している患者を、期限一杯預からせてください。回復期にある患者については、医師が変わると症状が再発するおそれがあります。もちろんご承知と思いますが」

大橋はちょっと考えたが、不承不承うなずいた。

「いいだろう。ただし来月一杯だよ」

12

午後三時の休憩時間に、小寺五郎は門倉功一に呼ばれて支配人室へ行った。

門倉はデスクにふんぞり返って、昼間だというのにウィスキーのグラスを傾けていた。どれくらい飲んだか知らないが、相変わらず顔には出ていない。

小寺は門倉に言われて、ソファの一つに腰を下ろした。刺すような視線を感じて、落ち着きを失う。

「最近どうしたんだ。ちょっと休みが多いようだが、体の具合でも悪いのか」

それはある程度予想していた質問だ。

「すいません、おふくろなんです。心臓をわずらってまして、たまに発作を起こすと、ついてやらなきゃならないんです」

門倉はグラスにウィスキーを注ぎ、じっと小寺を見た。

「それから勤務中に、ときどき近所の喫茶店へお茶を飲みに行くそうだな。おれのかみさんと」

ひやりとして、思わず目を伏せる。コックの山根か、ウェートレスのだれかが告げ口したに違いない。

「おふくろのことで、奥さんにいろいろと相談にのってもらってるんです。ほかに相談する人がいないもんですから、つい甘えちまって。今度から気をつけます」

門倉は探るような目をした。

「それだけか。千春の方からも、いろんな話をするだろう」

「別に——ただの世間話ですよ」

「千春に妙な話を吹き込まれたんじゃないだろうな」

小寺はわざとらしく首を捻《ひね》った。

「なんのことですか、妙な話って」

門倉はウィスキーをぐいと飲み干し、グラスを指の間でもてあそんだ。

唐突に言う。

「おまえ、千春に惚《ほ》れてるんじゃないのか」

小寺は驚いて門倉の顔を見た。心臓がきりりと引き締まる。

「冗談はやめてくださいよ、マスター。親切にしていただいて、感謝はしてますけど、惚れてるなんて」

門倉はくすくすと笑い出した。しかし目は笑っていなかった。

「そうむきになるなよ。ますます怪しいぞ」

小寺は仏頂面をした。たちの悪い冗談に、気を悪くしたふりをする。しかし内心は、門倉の直感にひどく狼狽《ろうばい》していた。

「おれの口から言うのもなんだが、千春はあのとおりの美人だからな。おまえが惚れても無理はないさ」

小寺は口をとがらせた。

「マスター、酒の飲み過ぎじゃないですか」

門倉はそれを無視して続けた。

「だがな、おまえの知らないことがある。かみさんは不感症なんだ。あれだけの美人なのに、セックスしても何も感じないのさ。神さまも罪作りなことをするじゃないか、え」

小寺は顔色を変えた。

言葉の中身よりも、そんなことを従業員に口走る、門倉の神経にショックを受けた。小寺は憤然と立ち上がった。

「そんな話、聞きたくありませんね」

「おれは話したいんだ。あれは不感症のくせに、嫉妬だけは人並み以上に強い。その上ひどい嘘つきでね。虚言癖というのか、一種の病気なんだ。あいつの言うことをあまり信用すると、ばかをみるぞ」

「マスター、悪酔いしてますね」

門倉は口髭をぴくりとさせた。

「悪酔いもするし、浮気もしたくなるさ。かみさんがあれだとね」

「もう行きますよ。晩の支度があるので」

小寺はいたたまれず、ドアに向かった。

戸口のところで、門倉に呼び止められた。

「おまえ、バイクをやるそうだな」

一瞬虚をつかれて、小寺は門倉を見返った。

「え。バイクですか」

「そうだ。おまえがバイクに乗ってるのを、見たというやつがいるんだ」

小寺は表情を変えまいと努力した。

「人違いですよ。バイクはやらないんです」

廊下へ出て、小寺は汗を拭いた。

門倉はバイクで尾行されたことに、気がついたのだろうか。

前かけの下に手を入れ、ズボンのポケットを探った。ペンダントの冷たい感触がある。

小寺は溜め息をついた。門倉の言葉が耳に蘇《よみがえ》る。千春が不感症だと言うのか。人並み以上に嫉妬深くて、嘘つきだと言うのか。

ばかな。そんなことがあるはずがない。

しかし小寺には、確信がなかった。

13

門倉千春は寝椅子から滑り下りた。

わたしは千春の手に杖を握らせ、顔をのぞき込んだ。表情のない人形のような瞳が、あてもなく宙をさまよう。

水中眼鏡のゴムのあとはすっかり取れ、まぶたのはれも引いている。しかし視力は相変わらずもどらなかった。

眼鏡を取った千春は、予想をはるかに上回る美しい女だった。

「このところ、あの看護婦さん、いないみたいですね」

「宮山君のことかな」

「ええ」

「彼女はついこの間、退職したんだ」

「あら——結婚するんですか」

ぎくりとする。

「だれと」

思わず言葉がきつくなった。

千春は戸惑い、焦点の定まらぬ目をわたしに向けた。

「わたしに分かるわけないでしょう」

わたしはわざとらしく笑った。

「それはそうだ。いや、結婚するとは聞いていない」

美雪がそのことで、しつこくわたしを追い回していることは、もちろん言わなかった。あまりしつこいので、最近わたしは自宅に帰るのを避け、カプセルホテルや自分の車などに寝泊まりしていた。

千春が一人で病院へ来たのは、これで三回めだった。

「今日はぼくも、これで勤務明けなんだ。もしよかったら、マンションまで送って行こう。

車があるから」

千春は嬉しそうに白い歯を見せた。

「お願いします。まだ外を歩くのが怖いの」

「それじゃ、着替えるまで下のホールで待っていてくれるかな」

十五分後、玄関ホールへ下りると、千春は柱の前に立って若い男と立ち話をしていた。

しばらく前に、千春のことを物陰から見ていた、背の高い若者だった。

若者は遠くからわたしの姿を見つけた。すぐに目をそらし、千春の肩に軽く手を載せてその場を離れて行った。

わたしが千春のそばへ行ったときは、若者はすでに姿を消していた。

わたしはベンチにすわろうとする千春に声をかけた。

「知り合いなの」

千春は驚いて立った。

「先生。だれのこと」

「今話していた青年さ。彼は前にもここで、きみのことを見ていたが」

千春は微笑を浮かべ、わたしの顎のあたりに視線を据えた。

「彼、主人が健在なころ、うちのレストランでコックをしていた人なんです。小寺さんていうの。とってもいい腕のコックだったわ」

わたしはそっと息を吐いた。

「コックか。それにしてもここになんの用があるんだろう。別に体が悪そうにも見えないし」

「お母さんの薬を取りに来てるんですって。心臓が悪いらしいの。今失業中だって言ってたわ。いい腕をしてるのに――」

わたしは口をつぐんだ。千春の口調に嘘はないようだ。わたしの考えすぎだったらしい。話はそこでとぎれた。

駐車場へ行くには、通りを一つ渡らなければならない。わたしたちは横断歩道の手前に立ち、青信号を待っていた。

「さあ、青だよ」

千春に小さく声をかける。千春はうなずき、すたすたと車道に下りて横断歩道を渡り始めた。急いであとを追う。

鋭い急ブレーキの音が耳をつんざいた。わたしは千春の腕を掴み、間一髪歩道に引きもどした。千春は声を上げ、わたしにしがみついた。

「危ねえじゃねえか、気をつけろぃ」

小型トラックの運転手が、通り過ぎざま罵《ののし》る。わたしの腕の中で、千春の肩が震えた。

「乱暴なやつだな、こっちが青なのに」

わたしは怒ったように言った。

しかし実際には、わたしたちの信号はまだ青になっていなかった。千春の目が本当に見えないのかどうか、確かめてみたのだった。

結果はどうやら、わたしの負けらしかった。わたしは千春の水中眼鏡を取ることには成功したが、視力を回復させることには失敗したのだ。こうなったら、別の荒療治にかかるしかないだろう。

食事をして行こうと誘うと、千春は躊躇した。長い間外で食事をしておらず、きれいに食べられるかどうか心配だと言う。

「大丈夫さ。中華料理店の個室にはいれば、心置きなく食べられる」

わたしたちはそのとおりにした。

中華料理をコースで頼み、わたしが一皿ずつ取り分けてやった。千春はときどきテーブルに食べ物をこぼしたが、わたしは黙ってそれを拭き取った。

時間をかけて食事をしたので、外へ出たときは夜十時近かった。中華料理店の駐車場は暗く、ほとんど車が残っていなかった。

エンジンをかける前に、わたしは助手席の千春を見た。白いブラウスの胸元に、落とした食べ物の染みがついている。まるで生まれたての子兎のような、無防備なその姿に、急に胸を締めつけられた。

わたしは衝動的に体を乗り出し、千春を抱き寄せて唇を奪った。

千春は驚き、喉を小さく鳴らした。次の瞬間、凄《すご》い力でわたしを押しのける。顔色を変え、ドアに背中を張りつかせると、手の甲で口をおおった。

「きみが好きなんだ。キスしないではいられなかった」

わたしは一息に言ってのけた。

千春は肩で息をしながら、とぎれとぎれに言った。

「先生──先生は口髭を生やしてらっしゃるんですか」

わたしはあっけに取られて千春を見詰めた。強引にキスされた女の第一声としては、考えもつかない言葉だった。

「うん。口髭は嫌いかね」

千春は顔を背けた。

「嫌いじゃないけど──思い出したの」

「何を」

「主人のことを。主人も先生のように、口髭を生やしていたの」

わたしは口髭をなでた。

複雑な気持ちだったが、千春がキスを非難しなかったことで、わたしを半ば受け入れたことが分かったのは収穫だった。

「送って行こう。道順を教えてほしい」

マンションにつくと、わたしは来客用の駐車スペースに車を入れ、千春を部屋まで送って行った。

鍵をあけると、千春はわたしの鼻のあたりに目を向けて言った。

「お茶でもいかがですか」

「いいね」

わたしは短く答えたが、たちまち鼓動が激しくなった。一人住まいの女が、夜中に男を部屋に上げることが何を意味するか、結婚歴のある千春は十分承知しているはずだ。

部屋は2LDKで、白を基調にしたインテリアで統一されていた。

「汚い部屋だけど、がまんしてね」

千春は弁解したが、目が不自由なわりには、きちんと整頓されている。LDKの部分が広く、大きな布張りの四点セットがゆったりと置いてある。書棚には、いろいろな種類の料理の本が詰まっていた。

千春はキッチンへはいり、手探りで湯を沸かしにかかった。わたしはわざと手を貸さなかった。

「着替える間待っていてね」

千春は言い、奥の寝室らしいドアへまっすぐに向かった。ソファの背にちょっと手を触れたが、目が見えないとは思えぬほど余裕のある歩き方だった。家具の配置はちゃんと頭にはいっているようだ。

わたしはテレビのスイッチを入れ、スポーツニュースにチャンネルを合わせた。

寝室のドアのノブが軽い音を立てた。見ると、かすかに隙間《すきま》があいている。千春がぴったたりしめなかったらしい。

わたしは息を殺し、隙間を見詰めた。

思い切って足を忍ばせ、ドアのところへ行く。枠に指を当て、静かにドアを押した。千春はベッドの脇に立っていた。洋服ダンスから黄色いワンピースを出し、ベッドに置く。顔がこちらを向いたが、目はわたしを見ていなかった。

ブラウスを脱いだ。肌色のブラジャーをしている。スリップは着ていない。ブラジャーはこんもりと形よく盛り上がり、豊かな谷間がのぞいていた。

わたしに見られているとも知らず、今度はからし色のタイトスカートを脱ぐ。白いパンティストッキングに包まれた、形のいい脚が現れた。

思わず唾を飲む。千春はパンティストッキングに手をかけ、くるくると脱ぎ下ろした。真っ白なパンティが、痛いほど目に染みる。薄い生地の下に、おぼろげに翳《かげ》りが見えた。口がからからに渇いた。

突然千春は息を飲み、ワンピースを取り上げて体をおおった。視線をうろうろさせ、ささやくように言う。

「せ――先生」

わたしは寝室にはいり、ドアをしめた。その音に千春は体をびくりとさせ、背中を洋服ダンスにぶつけた。

そばへ行き、千春を抱き締める。

「先生――」

千春は上ずった声で言い、ワンピースから手を離した。首に腕が巻きつく。わたしは千春をベッドに押し倒した。激しく唇を吸う。千春はうめき声を上げ、舌を差し入れてきた。わたしはそれをむさぼった。ブラジャーをずり上げ、乳房をもみしだく。千春は身悶《みもだ》えした。

唇をはずし、息も絶えだえに言う。

「待って。お湯が――」

テレビの音声に交じって、やかんが口笛のような音をたてていた。湯を沸かしっぱなしにしていたのだ。

「ぼくが止めてくる」

わたしが立つと、千春も急いでベッドから下りた。

「お願い、シャワーを使わせて。きれいな体にしたいの」

わたしの下半身は、それまで待っていられない状態になっていたが、どうにかこらえた。楽しみは、あまり長くならない程度に先へ延ばした方が、いっそう喜びが大きい。

わたしが湯を止めている間に、千春はキッチンの奥にあるバスルームへはいった。

一人で茶を入れ、テレビを見る。スポーツニュースはすぐに終わった。深夜のショー番組が始まる。千春の裸がまぶたにちらついて、ほとんど画面が目にはいらなかった。

どのくらい時間がたったか分からない。画面でだれか新人歌手が歌っているときだった。

いきなり玄関のチャイムが鳴り、わたしはどきりとした。こんな夜中にだれだろう。母親の門倉佐和子ではないか、という考えがちらりと浮かぶ。もしそうだとしたら、どのようにわたしの立場を説明すればいいだろうか。

リビングを出て、廊下を玄関まで行く間に、忙しく頭を巡らせた。

ドアをあけたとたん、わたしの体は凍りついた。そこに立っていたのは、佐和子ではなかった。

宮山美雪だった。

14

門倉千春はマスクを取った。

左の頰が赤紫色にはれていた。

「あの人にぶたれたの」

小寺五郎は拳を握り締めた。

「ひどいな、暴力を振るうなんて」

千春はあずまやのベンチに腰を下ろし、肩を寒そうにすくめた。こもった声で言う。

「このごろ、夜が遅いの。昨日なんか、とうとう帰って来なかったわ」

「無断外泊ですか。ゆうべ店の方は、いつもどおりに終わったんですがね。あの女のとこへでも行ったのかな」

「そうに決まってるわ。あの牝猫《めすねこ》のベッドに潜り込んだのよ」

千春の目の中で、一瞬ぞっとするような暗い炎が燃え上がった。

小寺は、千春が憎しみをあらわにすればするほど、妙に心が浮き立った。しかし反面、それが自分に跳ね返って来るような気がして、落ち着かなかった。

「養子のくせに、よくも愛人を囲ったりできるものだわ。そう思わない」

急に同意を求められて、小寺は焦った。

「え――ええ、それはもちろん、思いますよ。許せない気持ち、よく分かります」

「男ってどうして、愛人を作りたがるのかしらね」

「男が全部そうだってわけじゃないですよ」

千春はちらりと小寺を見上げた。

「あなたは違うの。彼女一人で満足するの」

「もちろんですよ――今のところ、彼女なんてものはいないけど」

小寺は取ってつけたように言い、千春の横顔を盗み見た。千春の目に、心を動かされたような色が浮かんだ。

衝動的に千春の肩に手を置く。

「奥さん。ぼくは奥さんが好きなんです。前にも言ったけど、ほんとなんです」

思い切って言ってしまったあと、かっと体が熱くなった。

手の下で、千春の肩がかすかに揺れた。気まずい沈黙が流れる。

「嘘じゃないんです。奥さんみたいなすてきな女性を裏切るなんて、マスターはひどい人ですよ。ぼくだったら、絶対そんなことしないな」

精一杯まくしたてる。黙っているのが不安だった。

肩を摑んだ手に千春の手が重なった。

「わたしね、主人に殺されるような気がするの」

小寺は驚いて千春の顔をのぞき込んだ。

「殺される。マスターにですか。そんなばかな。いくらなんでも――」

「そう思うでしょ。でも、なんだかそんな気がしてならないの」

「だって、殺す理由がないじゃないですか」

「あの人、けっこう嫉妬深いのよね。例えばあなたと、こうしてこっそり会ってることがばれたら、どんなことされるか分かったもんじゃないわ。それが心配なの」

小寺は口をつぐんだ。門倉は千春のことを嫉妬深いと言い、千春は千春で逆のことを言う。どちらが本当なのだろう。

小寺はどきりとした。いつの間にか千春の手が、自分の手を誘っていた。小寺は崩れるように千春の隣にすわった。

あたりに人がいないのを確かめ、思い切ってブラウスの襟から手を差し入れる。乳房にさわると、千春はかすかに声を漏らした。軽く開いた口から、えも言われぬ女の匂いが立ちのぼり、小寺は頭がくらくらした。

千春がささやく。

「もしわたしに万一のことがあったら、犯人は主人よ。それを覚えていてね」

それはその場の雰囲気に、まったくふさわしくない言葉だった。しかし小寺は、違和感を抱きながらも、真面目に応じた。

「そんなこと、ぼくがさせやしませんよ。万が一そうなったら、絶対かたきを取ってやる。でも大丈夫、心配しないでください。奥さんはぼくが守ってあげますから」

小寺は自分の言葉に酔い、夢中で千春にキスした。

千春は抵抗もせず、小寺の舌を受け入れたが、じっと抱かれたままほとんど反応を示さなかった。

千春は不感症だ——そう言った門倉の言葉が、ふと小寺の頭の中をよぎった。

15

宮山美雪はわたしを見て、にっと笑った。勝ち誇ったように言う。

「さあ、とうとう捕まえたわよ。こんなところに潜り込んでいたのね、やっぱり」

わたしは頭から冷水を浴びせられたようになった。

「何しに来たんだ、いったい」

声がしゃがれる。こんなところまで押しかけて来るとは、なんという女だ。

「あの女に、あんたがあたしの男であることを教えてやりに来たのよ」

美雪は強引に上がり込んで来た。わたしは上がりがまちで美雪を押しとどめた。かろうじて怒りを殺し、ささやくように言う。

「待て、待ってくれ。あした改めて話し合おうじゃないか。今夜のところは引き取ってくれ、頼む」

「あたしは今夜、たった今、あの女と話がしたいのよ」

美雪は吐き出すように言った。わたしの腕をかいくぐり、リビングに向かう。

わたしはあわててそのあとを追い、スーツの肩を摑んだ。美雪はそれを振り放し、リビングにはいった。千春の姿を求めて、寝室へ向かおうとする。

それを見て、かっと頭に血が上った。わたしは後ろから美雪に襲いかかり、喉首を摑んで引きもどした。叫ぼうとする美雪の口を、素早く手でふさぐ。美雪は体をよじり、目を飛び出るほど大きく見開いてわたしを睨んだ。手の下で口をあけ、喉の奥から声を絞り出そうとする。

わたしはいっそう腕に力を込め、美雪をソファにねじり伏せた。両手の指をしっかりと首に食い込ませる。美雪の顔が充血し始めた。手足をばたばたさせながら、獣のように唸《うな》る。

千春に気づかれてはまずいと思い、満身の力を込めて絞め上げげた。唸り声がとぎれる。

最初から殺すつもりだったわけではない。騒がれては面倒なので声が出ないようにしただけだ。しかし美雪の恐怖と憎悪に満ちた顔を見ているうちに、中途半端なことをしても無駄だと気がついた。

なおも力を緩めず、ぐいぐい絞めつける。やがて指にかつんと軽い手応えがあり、急に美雪の体から力が抜けた。赤黒くふくれた舌が、歯の間から吐き出される。目が真っ赤になった。手足がだらりとソファから垂れ下がる。

わたしはさらに一分ほど、完全に美雪の息が止まるまで絞め続けた。額の汗が目に流れ込む。

「どうしたの」

いきなり声をかけられ、わたしは飛び上がるほど驚いた。

肩越しに振り向く。

いつの間にかバスルームのドアがあき、バスローブを着た千春がキッチンまで出て来ていた。わたしはぞっとした。美雪の首を絞めたまま体を固くした。言葉もなく呆然と千春を見返す。

「だれか来たの。声がしたみたいだけど」

千春はうろうろと視線をあたりにさまよわせた。美雪の醜く歪んだ顔が、千春を真っ直ぐに見上げている。しかし千春は、わずかに眉をひそめただけだった。瞳の焦点が合っていない。

そうだ、千春はまだ目が見えないのだ。それに気づいて、ほっと肩の力を抜く。同時に全身に、どっと冷や汗が吹き出してきた。

わたしはこわばった指を、静かに美雪の首から抜いた。腕がしびれている。

「いや、テレビの音だろう」

できるだけのんびりした声で言い、立ち上がった。テレビのところへ行き、心持ち音を大きくする。千春は目が見えないぶん、音に対して敏感になっているのだ。

向き直ったわたしは、心臓が止まりそうになった。千春がソファの後ろを回り込み、美雪の死体の上にすわろうとしていた。

「ちょっと待って」

鋭く千春を制する。

千春はびっくりして、体を硬直させた。

「ごめんごめん、びっくりさせて。そこに湯飲みが置いてあるんだ」

わたしは言い訳がましく言い、千春の手を取った。肩を抱いて寝室に連れて行く。

千春は含み笑いをした。

「せっかちなのね、意外と」

わたしは黙っていた。千春にはそう思わせておくことにした。あいた方の手で、額の汗を拭く。

頭の中は、美雪の死体をどう始末するかで一杯だった。

それからわたしは、悪戦苦闘した。

心に何か心配ごとやわだかまりがあると、男は肝心のものが機能しないことがある。その性心理学の初歩ともいうべき罠《わな》に、わたしはみごとにはまり込んでしまった。

千春の体はよく脂がのっていて、思ったとおり素晴しかった。しかしわたしが抱いているのは、隣の部屋で冷たくなっている美雪の体だった。いくら頭からその思いを振り払っても、わたしの男性は機能しなかった。

千春自身の反応も、極めて消極的だった。人妻だったにもかかわらず、あまり性感が開発されていないように思われた。もっともそれは、わたしが正常に機能しないことを自分の責任と思い、萎縮《いしゅく》したせいかもしれない。

三十分苦闘して、とうとうあきらめた。

わたしは弁解しなかったし、千春も非難がましいことは一言も言わなかった。多少きまずさは残ったが、互いにいたわり合う余裕があった。これから先、時間はたっぷりある。何も焦ることはない。

それはともかく、わたしには一刻も早く片づけなければならない仕事があった。千春が寝つくまでの時間が、ひどく長く感じられた。

千春の口から、規則正しい寝息が漏れ始めるのを待って、わたしはベッドを抜け出した。静かに服を着て、寝室を出る。

ソファに横たわった美雪の死体は、すでにかなり死後硬直が進んでいた。壁の時計を見ると、午前二時過ぎだ。わたしは美雪を抱え上げ、リビングから滑り出た。ハンドバッグと靴も忘れずに拾い上げる。

千春の部屋が二階だったのは救いだった。だれかに会いはしまいかと、びくびくしながら非常階段を運び下ろす。それがどれだけ大変な仕事か、固くなった死体を運んだことのある者なら分かってもらえるだろう。

運よくだれにも見とがめられず、なんとか駐車場まで下りた。死体を車のトランクに押し込んだときは、全身汗まみれになっていた。

エンジンをかけ、車を出す。行く先は決めてあった。美雪は、一度埋め立てられたら二度と日の目を見ることのない、病院の沼の底に眠ることになるのだ。

一時間後、千春のマンションにもどった。千春はぐっすり眠っていた。わたしはそっと千春の隣へ潜り込んだ。

朝までまんじりともしなかった。

16

小寺五郎は電話のベルで起こされた。

反射的に枕元の時計を見る。午前二時過ぎだった。母親は心臓の検査で入院しており、アパートには自分一人しかいない。

口の中で罵りながら、布団を這い出る。

明かりをつけ、ダイニング・キッチンの電話を取ると、か細い女の声が流れてきた。

「小寺さん――わたしよ、千春よ」

それを聞くと、小寺はとたんに目を覚ました。たちまち動悸が速くなる。

「奥さん。どうしたんですか、こんな時間に。何かあったんですか」

「お願い、助けてほしいの」

受話器を握り締める。

「助けてって、どういうことですか」

「主人に殺されそうなの。早く来て。今寝室に鍵をかけて電話してるの。でもドアを破られたらおしまいだわ。お願い、助けに来て」

早口でささやくように言う。ほとんど涙声だった。

「わけを話してください。いったい何があったんですか」

「説明している暇はないわ。お酒を飲んで、わたしをぶったの。あ、ドアを叩いてる。早く来て、お願い――」

そこで声がとぎれた。小寺は千春の名を呼んだ。返事がない。

電話は切れていた。

躊躇している余裕はなかった。小寺は受話器を叩きつけ、急いでパジャマの上にジャンパーを着込んだ。下だけジーンズにはき替え、アパートを飛び出す。

駐車場へ駆け下りて、バイクのエンジンをかけた。門倉功一の家は市の北部の榎木台《えのきだい》にある。深夜だから、飛ばせば二十分で行くだろう。小寺はアクセルを踏み込み、バイクを発進させた。

いったい二人の間に何が起きたのだろう。この前千春は、門倉に殺されそうな気がすると、そんなことを漏らした。あの時はまさかと思ったが、千春は何か直感のようなものがあってそう言ったのだろうか。

小寺はハンドルから片手を離し、ジャンパーのポケットを探った。例のペンダントが指先に触れる。

ふとそれが、今夜の事件に何か関係があるような気がして、急いでハンドルに手をもどした。

榎木台に近づいたとき、小寺は異変に気づいた。

住宅街の上空が、オレンジ色に染まっていた。黒い煙が渦を巻いて立ち昇るのが、公園の木立ち越しに見える。

火事だ。体が引き締まる。

小寺は公園を最短距離で迂回し、門倉の家のある通りへバイクを乗り入れた。頭をどやしつけられたようになる。

燃えているのは、門倉の家だった。

小寺はバイクを乗り捨て、門の鉄柵に飛びついた。勢いをつけてよじ登り、中へ飛び下りる。敷地はかなり広い。

古い洋館の東側から、火の手が上がっていた。白壁に亀裂が走り、割れた窓から炎と煙が吹き出す。火はすぐにも屋根まで回りそうに見えた。

塀の外で叫ぶ声が始まる。近所の住人が火事に気づいたらしい。遠くからサイレンの音も聞こえ始めた。

「奥さん」

小寺は叫び、外灯のついたテラスに駆け上がった。玄関にはまだ火が回っていない。すぐ横の小窓にヘルメットを叩きつける。割れたガラスの隙間から手を入れ、錠を探った。チェーンはかかっておらず、ドアはすぐにあいた。

玄関に飛び込むと、そこはすでに煙が充満していた。熱気がむっと押し寄せてくる。

小寺はスカーフで口をおおい、体を低くして廊下に這い上がった。たちまち目をやられ、涙が溢《あふ》れる。廊下の奥が真っ赤になっていた。炎の渦巻く音や、燃える木のはぜる音が耳を打つ。

二メートルと進まぬうちに、小寺の手が何かを探り当てた。人の体だった。廊下にだれかが倒れていた。

襟を摑んで、力任せに引っ張る。玄関まで這いもどると、テラスへ引きずり出した。涙にうるんだ目に、ピンクのネグリジェが映った。灯油の臭いがぷんと鼻をつく。

小寺が抱いていたのは、門倉千春だった。

17

門倉千春は寝椅子に横になった。

わたしは後ろから椅子の背を少し起こし、正面のスクリーンがまっすぐに見えるように調節した。

「だいぶよくなっている。もう少しだから、がんばるんだ。今日あたりはごほうびがでるかもしれないよ」

「ごほうびって、何」

千春は不安そうに言った。

「それはまだ言えない。きみの目が見えるようになったときの楽しみだからね」

わたしは先週から千春に、電気ショック療法を試みていた。

千春の症状はヒステリー性全盲であり、心理療法ではこれ以上改善が期待できないことははっきりしていた。

千春の腕には電極が取り付けられ、指の先には押しボタンが設置してある。その状態で部屋を暗くし、前方のスクリーンに〇・五秒間、瞬間的にスライドを映写する。もし画面が目に見えたら、すかさずボタンを押す。

画面が映っている〇・五秒の間に、もしボタンを押しそこなうと、自動的に千春の腕に電流が流れ、不快なショックが与えられる。

それをいやがって、画面が見えないのにボタンを押すと、やはり罰として同じショックが与えられるようになっている。

最初のセッションで行なった百回の試行のうち、千春がショックを免れたのはわずかに六回だけだった。しかもその六回は、画面が見えてボタンを押したのではなかった。あてずっぽうに押したのが、たまたま画面の映る〇・五秒の間に収まったにすぎない。

あてずっぽうがきかないように、映写間隔は一試行ごとに変えてある。三秒のときもあれば十八秒のときもある。

二回目のセッションになると、ショック回避率は十七パーセントに上昇した。中にはまだあてずっぽうも含まれていたが、明らかに画面に正しく反応したと判断できるものがいくつかあった。ショックに対する忌避反応として、視神経が正常に機能し始める兆しがみられたのだ。もっとも千春は、ショックの不快度を増すために、最初のときより電圧が上げられたことを知らなかった。

「さあ、リラックスして。なんでもいいから、思いついたことを言ってごらん」

いつものように雑談からはいる。試行の前に緊張を解き、この療法に応じる心構えを作るのだ。

千春は長い間何も言わなかった。珍しいことだった。

「どうしたの。気分でも悪いのかね」

「いいえ。――この間の夜、どこへいらしたの」

突然そう言われて、面食らった。

「この間って」

「――わたしのマンションに泊まった日。夜中にベッドを抜け出して、どこかへ行ったでしょ」

ぎくりとする。まるで自分が電気ショックを受けたような気分だった。息を詰め、千春の顔を見下ろす。あのとき千春は、眠っていなかったのだろうか。

意識して軽い口調で答える。

「なんだ、知ってたのなら、そう言えばいいのに。――眠れないものだから、ちょっと外へ出て空気を吸ってきたんだ」

千春は身じろぎした。

「そう。どこかで、ぬかるみにはまらなかった。翌日母が来たとき、玄関のタイルに泥がこびりついてたって言ったわ」

冷や汗が吹き出す。

「ああ、近くで道路工事をしててね、そこで靴をだいなしにしたんだ」

わたしは千春のそばを離れ、スライド映写機のところへ行った。膝が震えるのが分かる。

マンションへもどるとき、泥はよく落としたつもりだが、やはりあわてていたのだ。車も点検した方がいいだろう。どこに妙なものが付いているか、知れたものではない。

今朝もさりげなく、沼の埋め立て工事を見てきた。美雪を沈めた場所は土砂でおおわれ、ブルドーザが頼もしいほど勢いよく地ならしをしていた。美雪の死体は地中深く埋まり、発見される恐れは絶対にないと確信した。

美雪が姿を消したことで、まだ警察が動き出した気配はない。もしそうなれば、当然わたしとのことを耳にして、聞き込みに来るだろう。しかし死体さえ出なければ、何も恐れることはない。

万が一あの夜のことを追及されても、わたしにはアリバイがある。ただし千春が、夜中にわたしがマンションを抜け出したことを、黙っていればの話だが。

「さあ、始めよう。用意はいいね」

わたしは元気よく言い、談話室の明かりを消した。スライドのスイッチを入れた。スクリーンはまだ暗い。

十秒後に、最初の画面を出す。あまり明るくない、風景写真だ。千春は〇・五秒の間にボタンを押すことができず、電気ショックを受けた。いつもより苦しそうな声を漏らす。

それもそのはずで、今回は前回よりまた電圧を上げていた。不快感はほぼ限界に近いはずだ。

千春は次の画面も失敗した。溜め息をつく。三枚めを出すまでに、間隔を三十秒おくことにした。二十五秒たったとき、千春は待ち切れずにボタンを押してしまった。たちまち罰のショックを受ける。

千春は声を上げた。

「先生。今日のショックは、いつもより強いわ」

「そんなことはない。毎回一緒だよ。どちらにしても体に害はないから、心配しなくていい。それより、画面に気持ちを集中して、目をしっかり見開いて、よく見るんだ。自分は目が見えると、自己暗示をかけるんだ」

画面は少しずつ明るい色調のものに移っていく。千春が全神経を画面に集中するのが分かった。しだいに失敗率が減少し、ショックを避ける回数が多くなる。はっきり画面が見えるのではないにせよ、網膜になんらかの刺激を感じるようになったに違いない。

五十試行を超えるころには、それは確信に変わった。千春は間違いなく、視力を取りもどそうとしている。あと一息だ。

六十六から七十五試行までの十試行で、千春のショック回避率は七十パーセントに達した。しかしショックによる消耗度もかなり高く、千春は息を切らしていた。

「さあ、もう少しだ。今度うまくショックを回避することができたら、何が見えたか言ってみたまえ」

わたしは千春を励まし、スライドを映した。間髪を入れず、千春はボタンを押した。

「よし。何が見えたかね」

千春は間をおいて答えた。

「分かりません。何か灰色の塊のようなものが見えたわ」

「鎌倉の大仏だ」

まずまずだ。

五秒おいて、次の画面。今度もショックは回避したが、やはり千春は画面の写真を認識できなかった。山積みのピーマンを、草原と誤認した。

九十試行までの間に、千春は一度罰を受けただけで、あとはすべてクリアした。画面の認識度もしだいに高まり、九十試行めにはついにサッカーボールのクローズアップをかなり正確に見分けた。千春の答えはパンダだったが、色のコントラストは合っていた。

スライドはあと十枚残っている。それらはわたしがある映画会社に行って、特別に複写させてもらったものだ。

五枚めまで、千春はすべてショックを回避した。しかし画面の認識は曖昧だった。

「何かオレンジ色のものがぼんやり見えるだけよ。何が映っているのか分からないわ」

千春の声は目立って震え、体が寝椅子の中で落ち着きなく動いた。スライドが進むにつれて、その変化は著しくなった。七枚めで千春はボタンを押しそこなった。ショックを受け、叫び声を発する。

「何か燃えているわ」

八枚めと九枚めは、なんとかクリアした。

「燃えている――火が燃えている」

千春は上体を起こし、うわごとのように口走った。

最後のスライドを画面に出すと同時に、わたしは電圧を許容度ぎりぎりに上げた。画面を消さず、映したままにしておく。千春はボタンを押すのを忘れ、強いショックを受けて悲鳴を上げた。両手で目をおおい、泣き叫ぶ。燃える人間が映った画面をよぎって、千春の体が前後左右に激しく揺れる。

超高層ビル火災のパニック映画から抜いた十カットは、十分に効き目があったようだ。最後の画面は、体に火が燃え移った人間が転げ回るカットだったのだ。

手の間から、とぎれとぎれに、声が絞り出される。

「思い出したわ。——主人はあの夜、わたしを殺して、自分も死のうと、したのよ」

すかさずそこにくさびを打ち込む。

「無理心中を図ったというのかね」

千春は激しくうなずいた。

「ええ、そう、そうなの。目が覚めたら、あの人がわたしの体に、灯油を振りかけていたの。自分のパジャマも、灯油でびっしょり濡れていたわ。なぜか、生暖かい灯油だった。びっくりして飛び起きると、ライターで火をつけようとするの。無我夢中でそれを突き飛ばして、部屋の外へ逃げだそうとしたわ。そうしたらどうしたはずみか、あの人の体に先に火がついてしまったのよ。あっという間に、火だるまになったわ、あのスライドの写真のように。どうやって外へ逃げ出したか、あとはもう覚えていない——」

千春はそこまで一息にしゃべると、寝椅子の上で泣き崩れた。

わたしはフロアスタンドをつけ、スライドを消した。器械を片づける。

「どうしてご主人は、無理心中をしようとしたんだね」

千春はしゃくり上げた。

「分からない。あの人は――焼き餅焼きだったから、わたしを自分だけのものにして――おきたかったんだと思うの。その気持ちが高じて、わたしを絶対人に取られないように、二人で死のうとしたんだわ」

「もしそうだとしたら、彼は心の病気を病んでいたんだ。きみより先に、病院へ来るべきだったね」

どうやら千春の記憶は、完全にもどったようだ。灯油が生暖かかったというのは、夫の行動が計画的だったことを物語っている。灯油はガソリンと違って、冷たいままでは着火しにくい。千春の夫はそれを知っていて、あらかじめ暖めておいたのだろう。

麻酔分析で千春は、目が覚めたら部屋中に煙が立ちこめ、火が燃えるのが見えたと言った。しかしそれは事実ではなかった。意識的か無意識的かは別として、千春は嘘をついたのだった。火だるまになった夫の記憶は、幼時のピーターパン事件の記憶と重なって、千春の心に極度に深い傷を残した。それが、アミタールの影響下にありながら、真実を告げることを妨げた原因だったのだ。

薄暗いフロアスタンドの光を受けて、千春がわたしの方に顔を向けた。わたしはスタンドの下の椅子にすわっていた。

泣きはらした目があたりをさまよい、わたしの上に留まった。焦点が合うのが分かる。

千春は驚いたように口を開いた。

「先生——。先生の顔が見えるわ」

それは聞かないでも分かっていた。

「よかった。どうやら治ったようだね」

千春は目の前に両手を広げた。指を一本ずつ確かめるように、じっと見詰める。

「ほんと。見える。目が見えるわ」

感動した口調で繰り返し、室内を見回す。

「ここまで歩いて来てごらん」

千春はちょっとためらったが、すぐに寝椅子を下りた。スリッパをはき、わたしの方へやって来る。目が見えることに戸惑いを感じているらしい。いかにもたどたどしい歩き方だった。

わたしは立ち上がり、代わりに千春をすわらせた。前の床に膝をつき、顔をのぞき込む。

千春は、喜びとかすかな不安の交じった瞳で、じっとわたしを見詰めた。

「どうだね、ぼくはきみが想像していたような顔をしてるかね」

千春は恥ずかしそうに瞬きした。わたしの顔のあちこちに目を走らせ、それからおずおずと口髭に指を触れる。

「想像していたより、ずっとハンサムよ」

わたしたちは黙って唇を合わせた。情熱的なキスではなく、二人の存在を確かめるようなキスだった。

千春の視力が回復したのはいいが、わたしには一つ不安があった。千春の網膜には、わたしが宮山美雪を絞め殺したときの場面が、無意識のうちに焼きついているはずだ。それが千春の心に、何かの拍子に浮かび上がって来ないとも限らない。

わたしは千春の両手を包み込んだ。

「きみが好きだ。愛してるんだ」

千春は目を伏せ、頬を赤らめた。

「わたしも坪田先生が好き」

「先生はやめてくれ。目が治ったら、その場で言おうと決心していたことがあるんだ」

「何」

「ぼくと結婚してほしい。きみをぼくのものにしたいんだ」

千春は目を上げ、わたしをまじまじと見詰めた。戸惑いながら言う。

「わたしは一度結婚した女よ」

「構わない。実はぼくは事情があって、今月一杯でこの病院をやめる。ついでにこの仕事も、さっぱりとやめるつもりだ。きみがぼくの、最後の患者というわけさ」

千春は驚いて瞬きした。

「お医者さんをやめるって——ほんとに」

「そうだ。きみと結婚して、新しい人生を生きたいんだ」

千春は眉を曇らせた。

「あなたと結婚できたら、わたしも嬉しいわ。でも父が——。父がわたしを出さないわ。門倉の名前をわたしに継がせたいのよ。そのために養子を取ったくらいですもの」

わたしはきっぱりと言った。

「それならぼくが門倉の家にはいる。きみのためなら、それくらいなんでもない」

千春の顔がぱっと明るくなった。

「ほんとに。養子になってもいいって、そうおっしゃるの」

「きみとご両親さえよければね」

わたしは千春を愛していた。ずっと一緒にいたかった。それに偽りはない。ただ正直に告白すると、結婚してそばにいれば、かりに千春が何か思い出しても、すぐに対応できるという考えが少しは働いたのも事実だ。

千春は手を握り返してきた。

「嬉しい。両親に異存はないと思うわ。でもお医者さんをやめて、どうするつもり」

「きみはレストランをやるのが夢だったはずだ。もう一度トライしてみても、悪い理由はないと思うがね」

「それはそうだけど」

「一緒にやってみないか。ぼくにだってマネージャーくらいは務まる。あの若者、小寺君とか言ったね。彼をまたコックとして雇えばいい。腕がいい上に、失業中なんだろう」

千春は半信半疑ながら、声を弾ませた。

「ええ、彼ならきっとオーケーしてくれるわ。ほかにも心当たりがあるし、きっとうまくいくわ。ありがとう、わたし嬉しくて気が狂いそう」

わたしはポケットに手を入れ、包みを取り出した。千春の手にそっと載せる。

「これは何」

「さっき言ったじゃないか、ごほうびさ。あけてごらん」

千春はいぶかりながら包みをあけた。たちまち目を輝かせる。

「まあ、すてき」

「蓋の裏側にメッセージが彫ってある。読んでみたまえ」

千春はそれを読み、わたしにキスした。

「ああ、あんまり嬉しくて、なんて言ったらいいか分からない」

「これを肌身離さずつけておくんだ。ぼくの初めてのプレゼントだからね」

わたしは千春の首に、ロケット付きの純金のペンダントをかけてやった。

千春は目をうるませて言った。

「ありがとう、功一さん——そう呼んでもいいわね」

18

門倉千春のネグリジェはびしょ濡れだった。ところどころ焦げ目がついている。顔はすすだらけだが、見たところやけどや怪我をしている様子はない。

小寺五郎は煙を避け、千春を塀際まで運んだ。植え込みの陰に下ろす。

「奥さん」

体を揺すりながら呼びかける。

千春は意識を取りもどすなり、叫び声を上げて小寺にしがみついた。

「奥さん、ぼくです。小寺ですよ」

それを聞くと、千春は叫ぶのをやめた。小寺の胸に顔を埋めたまま、震える声で言う。

「小寺さん。ほんとに、あなたなの」

「ええ。もう大丈夫、助かったんですよ」

千春はいっそう強く小寺にしがみついた。

「主人は——主人はどうしたかしら」

「分からない。もう中へははいれません。どうしてこんなことになったんですか」

千春は小寺にしがみついたまま、興奮した口調でまくしたてた。

「主人がドアを破って、わたしを殺そうとしたのよ。わたし、どうしたらいいか分からなかった。石油ストーブのカートリッジを引き抜いて、灯油を主人に振りかけたの。そばへ来たら、ライターで火をつけるって威《おど》かしたわ。でも主人は、それを聞かなかった。ほかにどうしようもなかったの。火をつけなかったら、わたしは絞め殺されていたわ」

小寺は驚き、一瞬絶句した。しかしすぐに気を取り直し、千春をなだめる。

「落ち着いて。話はあとにしましょう」

千春はそれが聞こえなかったように、叫び続けた。

「気がついたら、主人は悲鳴を上げながら床を転がり回っていたわ。全身火だるまだった。怖かったわ。あとはもう夢中で――」

黒焦げになった門倉の死体が、ちらりと小寺の脳裡《のうり》をかすめる。

「どうしてマスターは、奥さんを殺そうとしたんですか」

「分からないわ。いいえ、分からなかったけど、今分かったの。あの人は結婚する前、わたしのマンションで女を殺したのよ」

小寺はぎょっとして千春を見下ろした。

「女を殺した――マスターがですか」

「ええ。市立病院の精神科にいた看護婦だと思うわ。わたしはそのとき、目が見えなかった。だから何も覚えていないの。でもさっき、あの人が火だるまになったのを見たとき、突然そのときの場面が目に蘇ってきたのよ。あの人は看護婦を絞め殺したんだわ。顔がふくれて、目が飛び出して、恐ろしい光景だった。あの人はきっと、それをわたしが思い出すのを恐れて、殺そうとしたのよ――」

あまりのことに、小寺は呆然とした。千春は夢でも見たのではないか。

しかし、そう言えば門倉は、妙に妻の言動を気にしたり、虚言癖を強調したりした。あれはもしかすると、千春が殺人現場を目撃したことを思い出し、小寺に打ち明けることを恐れていたからではないか。

われに返って言う。

「分かりました。奥さんは自分の身を守るために、やむをえずマスターに火をつけた。そうしなければ自分が殺されたわけだから、立派な正当防衛ですよ」

千春はあえいだ。

「信じてもらえるかしら」

「もちろんです。ぼくが証人になります」

きっぱりと言い、千春を抱き締める。

火の粉が飛んで来た。消防車のサイレンがいちだんと近くなる。近所の人びとの立ち騒ぐ声も大きくなった。

「さあ、外へ出ましょう。ここも危なくなってきた」

千春はうなずき、小寺の胸から顔を起こした。目をあけて小寺を見上げる。

次の瞬間、千春の顔が驚愕に凍りついた。目を大きく見開き、かすれた声を絞り出す。

「目が――目が見えない」

ペンテジレアの叫び

永松陽介はむしゃくしゃしていた。

夜中に降り出した雨が、不精髭《ぶしょうひげ》の生えた顔を濡らす。雨には妙な粘りけがあり、おぞましい感触がした。

麻雀《マージャン》だから負けるのは仕方がない。しかし負け方が気に入らなかった。最後のリーチは、やはり間違いだったと思う。あそこはダマテンで安く上がり、とにかくトップを確保しておくべきだったのだ。それを、少しでも負け分をよけいに取り返そうとして、いらざるリーチをかけてしまった。悔やんでも悔やみきれないミスだった。

ロンと言って牌《パイ》を倒したときの、株屋の得意げな顔が目に浮かぶ。リーチから三牌めに切った一萬で、ダマテンを張っていた株屋の四暗刻《スーアンコ》単騎待ちに振り込んでしまったのだ。あれでトップから一挙に三位に転落し、負けがさらにふくれ上がることになった。貧すれば鈍するとはこのことだ。

東の空がわずかに明るい。

永松は裏通りを新宿駅の方角へ歩いていた。どこか終夜営業のスナックを探して、始発電車まで時間をつぶすつもりだった。うっかり水溜まりに靴を突っ込み、口汚く罵《ののし》る。まったくついていない。

狭い路地を一つ曲がったとき、今度は白い外車が違法駐車しているのにぶつかった。野放図に立ちはだかるボンネットに、わけもなくかっとなる。

「なんだよ、まったく。こんな狭いところに停めやがって」

永松は悪態《あくたい》をつき、乱暴にバンパーを蹴飛ばした。ぶつぶつ言いながら、体を斜めにして車の脇をすり抜けようとする。

そのとき街灯の光で、助手席のシートに置かれた、黒いアタシェケースが目にとまった。妙に気を引かれるアタシェだった。

深い考えもなく、ドアの取っ手に指をかける。ぐいと引くと、ドアは意外にもあっけなく開いた。永松は驚き、あわててドアをしめようとした。

ふと思い直し、さりげなくあたりを見回した。細い路地に人影はなく、物音一つ聞こえない。ドアを支えたまま、アタシェケースを見下ろす。

急に喉《のど》が渇き、動悸《どうき》が速まるのを感じた。かがみ込んでケースのロックを指で弾《はじ》く。魔法でもかけられたように、留め金は簡単にはずれた。思わず唾《つば》を飲む。

蓋《ふた》をあけた永松は、目を疑った。もう少しで舌を飲み込みそうになる。万が一にもそんなことがあったら、首をくってもいいとさえ思ったものが、そこに収まっていた。帯封のかかった一万円札の束が、隅までぎっしりと詰まっていたのだ。

永松は顔を起こし、もう一度あたりの様子をうかがった。街はまだ寝静まっている。わきの下に汗が吹き出し、手が震えた。夢を見ているのではないかと思う。しかし夢ではなかった。確かにそこに、見たこともないような大金が詰まっていた。

気がついたときには、もう手が出ていた。札束を一つ摑《つか》むと、永松はアタシェケースの蓋を閉じた。体を起こし、ロック・ボタンを押して静かにドアをしめる。札束をポケットにねじ込み、急いで車から離れた。

今にも後ろから声をかけられそうな気がして、永松は無我夢中で駆け出した。

信じられないような出来事にぶつかった驚きで、足が宙に浮くようだった。

人の金に手をつけた、という罪悪感がちらりと頭をもたげたが、それはすぐに闇の中に溶け去った。

1

永松美那子は足をすくませた。

赤錆《あかさび》の浮き出た鉄柵の先が、槍《やり》のように鋭くとがっていた。とがったものを見ると、決まって背筋に震えが来る。自分の体に突き刺さるような錯覚に捉《とら》われるのだ。

　子供のころ、竹の切り株の上に転んで、下腹部に大怪我をした。それ以来、とがったものに対して、恐怖心を抑えることができなくなったのだ。

崎山荘一郎・由利と表札が出ている。わずかに開いた門をはさんで、背の高い漆喰《しっくい》の塀が左右に長く延びていた。どれくらい敷地があるのか分からない。ちょっと気後れした。呼び鈴を探したが、どこにも見当たらない。

腕時計を見る。午後二時三分前だった。とりあえず、時間に正確なことを印象づけなければならない。時間を守らない人間は、それだけで信用度を疑われる。

少しの間呼吸を整え、気持ちを落ち着ける。それから鉄柵を押し開き、邸内へはいった。植え込みの間を縫って、玄関に向かう。植え込みは不揃いで、ここ数カ月手入れをしたあとがなかった。

　正面に白茶けた砂岩造りの、古い二階建ての洋館が建っていた。外壁の所どころに、ひび割れを修理した黄土色の塗料の跡が残っている。その四方に広がる模様は、まるで蔦《つた》の化石のように見えた。

　門から玄関まで、およそ三十秒かかった。それだけで、十分敷地の広い家だということが分かる。はずれの方とはいえ、三《み》鷹《たか》市内にこれだけの邸宅を構えているとすれば、相当の財産家とみてよかろう。玄関に着くころには、美那子はかなり気持ちが萎縮《いしゅく》していた。この家の構えからして、自分には少々荷が重過ぎるような気がしてきた。

　くすんだ色タイルのポーチに上がり、もう一度時間を確かめる。二時一分前。ちょうどいいタイミングだ。美那子は日に焼けたドアの前に立ち、横手のボタンを押した。どこか遠くの方で、いかにも武骨なブザーの音がした。漠然と荘厳なチャイムの音を予想していた美那子は、なんとなく緊張が緩んだ。これは思ったほど気取った家ではないかもしれない。

ドアが重そうな音をたてて開いた。縁なしの眼鏡をかけ、清潔なエプロンを着けた初老の家政婦が、そこに立っていた。上目遣《づか》いに美那子を見ながら、無意識のように体を前に傾ける。それを見て美那子は、相手の耳が少し遠いのではないかと察しをつけた。死んだ自分の母にも、そういう癖があったのを思い出す。

美那子は言葉を区切りながら、はっきりした口調で言った。

「あの、二時のお約束でまいりました、永松と申しますが、ご主人に、お目にかかれますでしょうか」

練習したとおりに、よどみなく言うことができて、美那子はほっとした。

家政婦は、眼鏡に手をやり、美那子をためつすがめつした。それから急に歯を見せて笑い、耳の遠い人間特有の、甲高《かんだか》い声で答えた。

「永松さんですね、お待ちしていました。どうぞおはいりくださいまし」

たとえおあいそとはいえ、お待ちしていましたと言われて、美那子は心がなごんだ。この家の主人は、使用人をきちんとしつけている。こういう家で働けたら、文句はない。

家政婦について、玄関ホールへはいる。そこは美那子が住んでいる、2DKのアパートがそっくりはいりそうな、広いホールだった。クラシックなコート掛けに、はげかかった大きな姿見。ステレオのキャビネットのような、時代がかった履き物入れ。正面の床には、美那子よりも背丈の高い、大時計が置いてある。時間の進み具合が遅く感じられるほど、ゆっくりしたテンポで振り子が揺れている。

靴を脱いでスリッパにはきかえる。寄せ木細工の床は、長い年月にすりへったらしく、少しでこぼこしていた。家政婦は右手にあるドアを押して、応接室に美那子を通した。

「少々お待ちくださいましね」

そう言って出て行こうとする家政婦に、美那子は急いで声をかけた。

「あの、もう何人くらい応募して来られたのでしょうか」

「そうですねえ、この三日間で十二、三人というところかしら」

足の力が抜けそうになる。来るのが遅すぎたようだ。

「それじゃもう、お決めになったのでしょうね」

家政婦は首をかしげた。

「いいえ、こうしてお会いになるくらいですから、まだだと思いますよ。決まるとようございますね」

「ありがとうございます」

美那子は恐縮して頭を下げた。家政婦が出て行き、ドアがしまった。十人以上面接して、まだ決まっていないとすれば、相当注文が厳しいのかもしれない。

深呼吸をして、立ったまま室内を見回す。玄関ホールに比べると狭く感じられるが、実際にはかなり広い応接室だった。

擦《す》り切れた絨毯《じゅうたん》に、むき出しのスチーム・パイプ。肘《ひじ》掛けがひびだらけになった革のソファ。本物の大理石を張った中型のテーブル。壁をくり抜いて作られた飾り棚の中の、いかにも由緒《ゆいしょ》ありげな青磁の壺。メッキの少しはげた金張りの置き時計。きらびやかではないが、どこかぜいたくな余裕を感じさせる雰囲気がある。

そうした部屋のたたずまいに、美那子はまた引け目を感じた。自分が過ごしてきた生活との隔たりを意識し、無力感を覚える。地方都市の、小さな古本屋の一人娘に生まれ育った美那子には、このような雰囲気は無縁のものだった。

足音とともにドアが開き、美那子は緊張して背筋を伸ばした。

はいって来たのは、見たところまだ四十代半ばの、パイプを手にした背の高い男だった。夫の陽介より五センチは高そうに見える。癖のない黒い髪をオールバックにして、黒縁の眼鏡をかけていた。明るいグレイのスラックスに、クリーム色のカーディガン。太ってはいないが、やや腹のあたりがせり出し、頰もふっくらしている。

美那子は相手が口を開く前に頭を下げた。

「永松美那子です。よろしくお願いします」

「崎山です。どうぞおかけください」

男はきびきびした口調で名乗り、美那子にソファを示した。

二人は向かい合って腰を下ろした。パイプの香りが快く鼻をくすぐる。

「ええと、履歴書はお持ちになりましたか」

　崎山は愛想笑いも見せず、すぐに本題にはいった。どこかの大学の教授だと聞いたが、なるほどいかにも時間の無駄を嫌う学者らしい応対だった。美那子はハンドバッグから履歴書を出し、テーブルの上をすべらせた。

　崎山はパイプをくわえ、それに目を通した。居心地が悪くなるくらい丹念に読む。美那子は膝に置いた手が汗ばむのを感じた。

　やがて崎山は眼鏡を押し上げ、口を開いた。

「ご両親はお亡くなりになったんですね」

「はい、もうだいぶ前に」

「ご主人は、あなたが働くことについて、反対ではないんでしょうね」

「もちろんです。子供がいないものですから、むしろ積極的に外に出るようにすすめてくれました」

　それは嘘で、ここへ応募したことはまだ陽介に言っていなかった。しかし最近の不安定な収入からすると、陽介が反対するとは思えなかった。

「ちらしにも書きましたが、この仕事は朝から夜まで拘束されることになりますよ。ご主人、大丈夫ですか」

「大丈夫です。主人は夜働いておりますので、不自由はありません」

　崎山は瞬《また》きした。

「どんなお仕事ですか。もしお差し支えなければですが」

無意識に膝を握り締める。

「飲食店のマネージャーをしております」

キャバレーも、広い意味では飲食店だから、嘘をついたことにはならない。

崎山はそれ以上聞かず、履歴書に目をもどした。パイプの煙を派手に吐き散らす。

「昭和四十八年に、足利《あしかが》市の女子高を出られたんですね」

「はい。あの、高卒ではだめでしょうか。ちらしには学歴のことが書いてなかったものですから」

「いや、学歴は関係ありません。これまで病人の介護をしたことがありますか」

美那子は相手に分かるようにうなずいた。

「父が亡くなる前、三年ほど寝込んでいたものですから、ある程度経験はあります。もちろん資格は持っていませんが」

崎山はパイプの吸い口で鼻の脇を掻《か》いた。

「病人というのはわがままでしてね。よほどがまん強い人でないと、勤まらないだろうと思いますよ」

「大丈夫です。たいていのことならがまんできます」

それは本当だった。父親は機嫌をそこねると、よく寝ている布団の縫い目をほどいて、中の綿を部屋中にまき散らしたり、畳の上に飲みかけの味噌汁をぶちまけたりした。それを黙黙と片づけるのは、もっぱら美那子の仕事だった。店を預かる母親には、夫の面倒を見る時間もなければ、愛情も残っていなかったのだ。

崎山は履歴書をテーブルに置いた。

「お住まいは市の反対側ですね。あまり遠いとお互いに不便じゃありませんか。そう思って、新聞のちらしは狭い範囲に絞ったつもりなんですが」

「距離的には離れていますが、バスを使えば十分とかかりません。ご不便はかけないつもりです。こちらさえご迷惑でなければ、泊まりでもいいくらいに思っています」

崎山は眉を開いた。

「それはありがたいですね。なかなかそこまで申し出てくれる人がいなくて、実は決めかねていたんです」

美那子は急いで付け足した。

「もちろん、毎晩というわけにはいきませんけど」

「分かってますよ。それより、一応由利の状態について、お話ししておきましょうか」

「はい。ちらしによると、奥さまは何かむずかしいご病気とか」

「そう。実は家内は、口がきけないんです。それに立つこともできない体なんです」

2

午前二時。

永松陽介は車と車の間にしゃがみ込んだ。助手席のドアに身を寄せる。

マンションの駐車場はやけに明るく、だれかに見られているような気がして落ち着かなかった。

あたりの様子をうかがい、先の曲がった長い針金を取り出す。それをウィンドーとゴム枠の隙間《すきま》に、そっと差し込んだ。

一分とたたないうちに、針金の先端に手応えがあり、軽い音をたててドアのロックが上がった。針金をしまい、静かにドアをあける。

ペンライトを使って、すばやくシートの周辺を改めた。コンソールボックスの中から、使い古した小銭入れが一つ見つかった。あけてみると、硬貨が何枚かと、小さく折り畳んだ一万円札が一枚はいっていた。五百円硬貨と札だけ抜き取り、小銭入れをもどす。

たいした収穫ではないが、ぜいたくはいえない。大半の車が収穫ゼロであることを思えば、たとえ一万円でもよしとしなければならない。なにしろこっちは、元手がかかっていないのだ。

永松はその駐車場で、さらに五台の車を荒らした。結果は女物の財布を一つ、手に入れただけだった。二万三千円ほどはいっていた。ほかに一眼レフのカメラを見つけたが、そのままにしておいた。現金以外は足がつきやすいので、手を出さないことにしているのだ。三十分後永松は、あたりに人影がないのを確かめ、足早に駐車場を出て行った。どこかで屋台のラーメンでも食べて帰ろうと考えていた。

永松が車荒らしを始めてから、やがて三カ月になる。あの夜、賭け麻雀で大敗した帰り道、違法駐車していた外車から金を盗んだのが始まりだった。たとえ札束一つとはいえ、盗みは盗みだ。あとになって、よくあんなだいそれたことができたものだと、自分でも感心した。それもこれも、すべて麻雀のせいなのだ。あの夜麻雀で大負けさえしなければ、人のものに手をつけるような真似はしなかったのだ。

札束を数えてみると、ちょうど百枚あった。その百万円でまず麻雀の負けを支払い、残った金で馴染《なじ》みの女と遊び歩き、さらにほとけ心を出して、妻の美那子にネックレスを買ってやった。そのときになって初めて、百万円という金の使いでを思い知った。自分の愚かさに気がつき、歯ぎしりする。

今思えばアタシェケースには、ざっと五千万円がとこはいっていたに違いない。あのとき永松は、頭にかっと血がのぼって、冷静な判断力を失っていた。札束を一つ抜き取り、一目散にその場を逃げ出したのだ。どうしてアタシェケースごと、全部持って来ることを思いつかなかったのだろう。それがむりなら、せめて札束をあと三つか四つ、ポケットにねじ込んで来ればよかったのだ。

　しかし、あれが危険な性質の金——例えば暴力団か何かの、取引に使われるような金だったとしたらどうか。もし盗んだことがばれたら、ただではすまないだろう。その意味では、札束一つにとどめておいてよかったのかもしれない。現に翌日の新聞を注意して読んだが、事件を伝える記事はどこにも載《の》っていなかった。札束が足りないことに気づかないはずはないし、やはり警察に届けられないような種類の金だったとしか、考えられなかった。

　このことがあってから永松は、夜ごとに駐車中の車を荒らし、小金を盗むようになった。最初のころは盗みに抵抗があり、恐怖感もひとしおだった。しかし慣れてみると、こんなに簡単で楽な仕事はなかった。

　キャバレーのフロアマネージャーの給料だけでは、高いレートの麻雀にはついていけない。多少でもどこからか資金を補給する必要があり、車荒らしはそれにぴったりの仕事だった。

　麻雀のメンバーは、株屋や不動産のセールスマン、中小企業の社長や大型商店の主人などだった。とにかく金回りのいい連中で、それだけにレートが高い。一晩で軽く数十万動いてしまうし、百万を超えることもまれではない。

　永松は学生のころから、麻雀にかけては自信があった。それだけに最初のうちはかなり稼いだのだが、打ちなれるにしたがってだんだん手の内を読まれるようになった。そしてここ半年ばかりは、どうしようもないほど負けが込んでいた。それやこれやで、美那子に渡す給料も滞りがちになっている。

毎月末の負債の取り立ては厳しかった。万が一にも払えない場合は、サラ金から借りて払うように要求される。以前も、大負けして首が回らなくなった都の職員が、サラ金に追われてマンションの屋上から飛び下り自殺した。あんなざまにはなりたくない。

しかし永松は、今月もすでに三十万近く負けており、ほかにサラ金の返済期日が月末に差し迫っていた。美那子には黙っていたが、わずかな定期預金もとっくに解約ずみで、麻雀の支払いに消えてしまった。

もちろん車荒らしは、そうした窮状をカバーするほど稼ぎのいい仕事ではない。しかし針金一本でできるうえに、建物に忍び込むよりずっとやさしく、危険も少ない。何もしないよりはましだった。たまに一晩の働きで、十万近い稼ぎになることもあるのだ。

ときどき、三十を過ぎてこんなことをしている自分に、いやけがさすことがある。だがこうした自堕落な生活も、そう長いことではない。いずれ近いうちに、麻雀からも車荒らしからも足を洗うつもりだった。キャバレー勤めをやめて、何か事業を始めるのだ。そのためには、まず麻雀で元手を作り、それを競馬かボートレースに注ぎ込んで一発当てなければならない。

結局永松の考えは、どう巡ってもすべて賭け事に帰着してしまう。その論理の矛盾には、自分でも気がついていたが、今さらどうしようもなかった。とにかく地道に金を貯める生き方は、自分には向いていない。

そういえば美那子は、どこだかの家へ病人の世話をしに行くとかいうようなことを言っていた。なるほどここのところ、賭け麻雀のせいで収入が不安定になっている。しかしそれで働きに出るというのは、いかにもあてつけがましいではないか。

確かに美那子は、自分には過ぎた妻だと永松は思う。しっかりしているし、まあまあ美人だし、頭もいい。普通なら永松のような、浮き草暮らしの男についてくる女ではない。ただ小さいときに、下腹部にひどい怪我をして、子供を産めない体になったことが、美那子の不幸の始まりだった。

そのことで美那子は強い引け目を感じており、それを承知で結婚した永松にうとましいほど徹底して、従順な態度を示すのだ。子供ぎらいの永松には、別に恩を売るつもりなど少しもなかったのだが。

あまりに美那子が従順なので、かえって永松は自分を悪い方向へ駆り立てたくなることがある。賭け麻雀を始めたのは、それが原因だったような気がする。

そして車荒らしにのめり込んだのも、同じ理由によるものかもしれなかった。

3

美那子はそっと拳《こぶし》を握りしめた。

口がきけずに、立つこともできない——いったいどんな病気だろう。どちらにしても、大変な病気には違いない。それを崎山は、まるで虫さされの話でもするように、あっさりと言ってのけた。

崎山は続けた。

「ただし家内は聾啞者《ろうあ》ではない。耳は聞こえるんです。それから、立てないと言っても、小児麻痺《まひ》とか脊髄《せきずい》をやられたというわけではない。両方とも精神から来たものなんです」

美那子はぎくりとした。

「精神、と申しますと」

「つまりその、精神的なことが原因で、そういう症状が出て来たということですよ。現在週に一回、精神科医に来てもらって、分析療法を受けています。ただし、本人にも周囲にも危険を伴う恐れのある病気ではありませんから、その点は安心していただいていい」

崎山はそれを強調するように、うなずいて見せた。

「わたしにできるでしょうか。そちらの方の訓練は受けていませんので、正直申しましてちょっと心配な気がします」

そう言ってから美那子は、言わなければよかったと思った。こんなとき本音を吐くなんて、どこまで馬鹿なのだろう。

しかし崎山は気にするふうもなく、パイプで宙に円を描いた。

「別にむずかしいことをお願いするつもりはありません。家事まわりのことは住み込みの家政婦がやりますから、まあ例えば、医者が往診に来たときとか、風呂にはいるときなどに手を貸してもらう程度のことですね。極端に言えば、話し相手になってもらうだけでもいいんです。口がきけないのに話し相手というのもおかしいけど、世間話を聞かせてもらうとか、本を読んでもらうとか、そんなことでだいぶ気の持ち方が違ってくるはずだから」

「あの、目の方もお悪いんですか」

崎山は笑った。

「いや、目は見えるんですがね、自分で読むのをいやがるんです。本はお好きですか」

「はい。両親が古本屋をしていた関係で、本だけは自由に読めましたから」

崎山は眉をぴくりとさせた。目に初めて興味の色が浮かぶ。

「ほう、古書店をね。どんな分野の本を扱ってらしたんですか」

「別に分野というようなものはありません。田舎の古本屋ですから、雑本ばかりでした。ただ、ドイツ文学関係の本は、ある程度意識して集めていたようです。父はロマン派の作家が好きで、ホフマンとかノヴァーリスの本をだいぶ持っていました。ほとんど戦前の汚い本ばかりで、あまり商売にはならなかったようですけれど」

崎山はせわしくパイプをふかした。

「それは奇遇ですね。わたしも大学でドイツ文学を教えてるんですよ」

美那子は驚いて崎山の顔を見直した。

「そちらがご専門とは存じませんでした」

「ロマン派はわたしも好きな分野でしてね。何か珍しい本がありましたか」

「わたしはよく存じませんけど、ヴァッケンローダーの『芸術幻想』とかいう本などを大切にしていました。そういった本を何点かガラス戸棚にしまって、売ろうとしませんでした」

崎山は感心したように口をすぼめた。

「それはすごい。『芸術幻想』はわたしも一冊持っているが、めったに市場に出ない本ですよ。値段はたいしたことはないけれども、研究者には非常に価値のある本でね」

「あら、それだったら取っておくんでした」

崎山は体を乗り出した。

「処分してしまったんですか」

「はい。母が亡くなったあと、商売仲間の人にお店ごと、全部譲ってしまったんです。わたしは東京で働きたかったものですから」

崎山は残念そうに首を振った。それから履歴書をもう一度取り上げ、形ばかり目を通した。

美那子は口をはさんだ。

「まだお決まりでないようでしたら、ぜひ働かせていただきたいと思います。一カ月だけでも様子を見ていただければ――」

崎山は履歴書を折り畳み、カーディガンのポケットにしまった。

「ヴァッケンローダーが気に入りましたよ。家内に会ってください。その上で、ほかに問題がなければ、あなたにお願いすることにします」

美那子は顔を輝かせた。一時に体が軽くなる。ヴァッケンローダーか。どこで何が幸いすばいいんだが――」

「あなたは家内と年齢も近いし、うまくやっていけそうだ。家内のことを気に入ってくれるか分からないものだ。

「ありがとうございます。一所懸命やらせていただきます」

あとの言葉を飲み込み、崎山は立ち上がった。

二人は応接室を出た。玄関ホールを横切りながら崎山が言う。

「病気になったのは、二年ほど前でしてね。それまではわりと明るい性格だったんですが、病気のせいでいくらか愛想が悪くなっています。気にしないでいただきたい」

奥の厚いドアをあけると、崎山は先に立って中へはいって行った。

また美那子は度胆を抜かれた。そこはバスケットボールの試合ができそうなほど、恐ろしく広いサロンだった。天井も異常に高い。一瞬、冷暖房費がひどくかさむだろうという、現実的だが場違いな考えが浮かんだ。

左側がサンルームになっていて、一面にガラスが張ってある。そこから外のテラスと芝生を、一目で見渡すことができた。

反対側の壁には、マホガニーのがっちりした書棚が、ずらりと並んでいる。高さは天井まであり、上段用のはしごまでついていた。

サロンの中央に円い木のテーブルがあり、その上にパソコンらしい受像機とキーボードが載っているのが見える。

正面奥の壁には、すすで汚れた暖炉が切られており、その脇には大型のテレビ受像機が据えつけてある。マントルピースの上にはオーディオ機器のセット。部屋の隅には、巨大なステレオ用のスピーカーが二基。美那子はその大きさに圧倒された。床も壁も黒光りのする木でできており、暖炉の周囲だけ毛足の長い絨毯が敷いてある。

暖炉の前に、クリーム色のガウンを着た女がいた。女はこちらに背を向け、車椅子にすわっていた。三つ編みにした長い髪が、椅子の背もたれまで垂れている。

「由利。きみの新しい友だちを紹介しよう」

崎山が声をかけた。

美那子はその口調の変化に気づいた。さっきまでと違って、そこにはむりに作ったような明るさが込められていた。

女の肩と手が動いた。車椅子の向きがゆっくりと変わる。正面を向くと、自然に車輪が回って、こちらへ近づいて来た。どうやら電動式になっているようだ。美那子は緊張してハンドバッグを握り締めた。

崎山由利は、美那子よりいくらか年長で、三十半ばに見えた。ぞっとするほど青白い顔の、ぞっとするほど美しい女だった。

美那子は軽く頭を下げた。

「初めまして。永松美那子と申します。よろしくお願いします」

由利は無遠慮な視線で、じろじろと美那子を品定めした。表情には生気がないが、目だけが奇妙に光っている。

崎山は由利に、美那子の履歴書を渡した。由利はそれにちらりと目をくれただけで、すぐにガウンのポケットに入れてしまった。

崎山は咳《せき》払いをして言った。

「永松さんはご主人が夜のお勤めでね。こちらが多少遅くなっても大丈夫だということだ。本が好きだそうだし、きみのお相手としてはぴったりだと思うよ」

崎山がしゃべっている間、由利は美那子から目をそらさなかった。美那子は落ち着きを失い、目を伏せた。背筋に冷や汗が吹き出す。心の中を読み取られているような気がした。

崎山が続けた。

「なにしろこの人は、かのヴァッケンローダーを知ってるんだ。ぼくとも話が合うし、永松さんさえよろしければ、来週からでも来ていただくつもりだ。いいだろうね」

由利はちらりと崎山を見て、小さく口をあけた。何か言おうとしているように見えた。しかし漏れたのは軽い吐息だけだった。

由利は力なくうなずいた。崎山もうなずき返し、美那子にテーブルを示した。

「そこに載っているパソコンは、ワープロのソフトを搭載してるんです。由利が何か言いたいときは、キーボードで画面に文字を打ち出します。あなたの声は聞こえるから、一応対話ができるというわけです」

美那子はパソコンの灰色の画面を見つめた。なぜか崎山が、由利を人間扱いしていないような気がして、急に同情を覚えた。

崎山は快活な口調で言った。

「さて、あちらで条件についてお話しすることにしましょう」

4

翌週月曜日の朝、永松美那子は崎山邸に初めて出勤した。

門をはいると、植え込みの間を崎山荘一郎が、きびきびした足取りでやって来るのが見えた。黒いコートを着て、黒いクラッチバッグを抱えている。

崎山は右手を上げて笑顔を見せた。

「やあ。これから学校へ行って来ます。ここ当分遅くなるので、あまり会えないと思う。分からないことは家政婦の内山さんに聞いてください。家内をよろしく頼みますよ」

美那子は崎山が門を出て行くのを見送った。うまくやれるかどうか、少し不安だった。

家政婦の内山すゑは、建物の横手の物干し場で、洗濯物を干していた。二人はすでに、面接の日に挨拶をすませている。

すゑは崎山家で働き出してから、もう十年になると言っていた。これまではすゑが、家事全般のほかに由利の面倒もみていたが、最近年のせいで体の無理がきかなくなったため、新たに由利の介護役を募集することになったという。

するゑの話によると、由利は起き出す時間がまちまちらしい。

「今朝もまだ寝てらっしゃるんですよ。合図があるまで、台所でお茶でも飲みませんか。勝手向きのことも、ある程度お話ししておいた方がようございますし」

建物の北側にある台所は、さながらレストランのキッチンだった。ダブルのシンクは子供用のプールほどの大きさに見える。

するゑがお茶の準備をする間に、美那子は食器戸棚をのぞいてみた。ありとあらゆる種類の食器が、所狭しと積まれている。試しに花模様のコーヒーカップを手に取ってみると、それは英国製の高価な磁器だった。知らずしらず手が汗ばむ。

するゑは台所の隅のテーブルにお茶を運びながら言った。

「その食器はね、奥さまの亡くなったご両親が、何年もかけて集められたんですよ。このお屋敷にあるものは、ご主人の本をのぞいて、みんな奥さまのものなんです」

美那子もテーブルへ行き、するゑと向き合って椅子に腰掛けた。背もたれの高い、時代物の木の椅子だった。

「ここはご主人のおうちじゃないんですか」

「だんなさまはご養子なんですよ。奥さまは一人娘で、もう係累はいらっしゃらないんです。お寂しいことですけれどね、ほんとに」

するゑは肩を丸くすぼめて、ずずっと紅茶をすすった。美那子も口をつぐみ、カップにレモンを落とした。急に台所がしんとする。

「でもだんなさまはよくしてくださるし、働きやすいおうちですよ、ここは」

「ご主人は毎日授業があるんですか」

「二カ所の大学で教えておられますからね。片方は講師ですけど。それから週に一回、新聞社のカルチャーセンターで、ドイツ文学の講座を持ってらっしゃるし、けっこうお忙しいんですよ」

「夜も遅いんだそうですね」

「ええ、研究室で調べものをなさったり、いろんな会合に出られたり。わたしはわりと早く休ませていただくので、何時ごろおもどりになるのか、よく分かりませんけどね。家でお夕食を召し上がることは、週に一度くらいかしら」

美那子は眉をひそめた。

「まあ。それじゃやはり奥さまに、だれかお相手が必要だわね」

「ほんとに、奥さまがかわいそうですよ。一日中家に閉じこもったきりで、あれじゃ体が悪くなる一方だわ。わたしはもう年を取りすぎて、お相手を務めるのは無理なんです。耳の方もだいぶ遠くなって、呼び鈴を聞き逃したりするくらいですからね。あなたがうまく、奥さまの気分を引き立ててあげてくださると、わたしも安心なんだけど」

「できるだけやってみます」

「ご病気になるまでは、とても明るくてやさしいかただったのよ。でも口がきけなくなってからは、性格まで変わってしまわれて、まあ、無理もないですけれどね」

美那子は由利と二人きりになる前に、できるだけ状況を把握しておこうと思った。崎山の説明は通り一遍で、あとで考えると肝心なことは何一つ言っていない。意識的にそうしたのではないかと思われるほどだった。

「奥さまがご病気になられたのは、どんなことがきっかけだったんですか」

するゑは紅茶を注ぎ足した。

「あれからもう、二年になりますかしらね。奥さまがある晩遅く、ひどくお酒に酔って帰られたことがあるんです。確か大学のクラブの、OB会か何かに出席されたんだったわ。夜中にだんなさまに起こされて、ホールへ下りてみると、さあ大変。奥さまが床の上にすわり込んで、小間物屋を広げちゃってるの。泣いたりわめいたりするのを、二人で寝室へかつぎ上げて、やっとのことでベッドに寝かせると、そのまま前後不覚の高いびき」

「高いびきだなんて」

美那子が口をはさむと、するゑは眉をしかめ、手で空気を打つようなしぐさをした。

「いえ、冗談じゃなくて、ほんとに高いびきなの。あんな奥さまは見たことがないって、あとでだんなさまも驚いてらしたくらい。わたしもこの十年で、あのときだけだったわ」

「それが病気のきっかけだったわけですか」

するゑはうなずき、テーブルに体を乗り出した。ずり落ちそうな老眼鏡の奥で、目がはつかねずみのように光った。

いちだんと声をひそめて言う。

「その翌朝、奥さまの寝室で突然、どたんばたんと音が始まったの。だんなさまと二人で駆けつけてみると、なんてことでしょう。奥さまが口からよだれを垂らしながら、床をはいずってらっしゃるのよ、あなた」

美那子は紅茶を一息で飲み干した。さも秘密めかしたすゑの口調に、なんとなくいやなものを感じた。由利に対して、いっそう同情心がわいてくる。

すゑはそれに気づかぬ様子で、なおも低い声で続けた。

「急いで救急車を呼んで、近くの病院にかつぎ込んだんだけど、それきり奥さまは口がきけず、立つこともできなくなったというわけ。あんなにびっくりしたことはなかったわ」

「原因は分からないんですか」

「ええ。あっちこっちの病院で診《み》てもらったんだけど、肉体的にはどこにも異常がないの。それで、これは精神的なことが原因に違いないというので、たまたまOB会に一緒に出席した仲のいいお友だちが、精神科の先生に連絡してくださったの」

「今かかってらっしゃる先生ですか」

「ええ。友野先生っていうんですけど、この先生もやはり、同じクラブのOBなんですって。それが演劇部だけあってね、なかなかハンサムな先生なの」

美那子は微笑した。

「すゑさんはずいぶん詳しいんですね、さすがに十年も勤めると」

すゑはそれを皮肉と受け取らず、得意げに鼻をこすった。

「やはりお勝手を預かってますとね、一応なんでも承知しておかなければね」

美那子も紅茶のお替わりをした。

「そうすると、もう治療を始めてだいぶになるわけね。それでまだ治らないなんて、あまり腕のいいお医者さんじゃないみたい」

するゑはピン留めを抜き、それでこめかみの上を掻いた。

「分析療法っていうんでしたっけ、あれはものすごく時間がかかるんですって。五年や六年かかることも珍しくないらしいわ」

「少しはよくなってるのかしら」

「だと思いますよ。最初のころはベッドの中でお小水しちゃったり、洗顔クリームを指ですくい取って壁に投げつけたりしたけれど、最近はそんなことなさらないし」

そのとき、突然大きなブザーの音が鳴り渡り、美那子は椅子から飛び上がった。するゑは平然として壁の時計を見上げた。

「あら、やっとお目覚めだ。それじゃすみませんけど、朝食を奥さまのお部屋に運んでいただこうかしら。お相手してあげてくださいな、あと片付けはわたしがやりますから」

美那子は急いで腰を上げた。胸がどきどきしていた。大きなブザー音は、耳の遠くなったするゑのためのものだということに気づく。

するゑの準備した朝食をトレイに載せ、朝刊をわきにはさんで玄関ホールに出た。車椅子用の小型リフトがついた階段を、二階へ上がる。

二階の廊下は広く、北側に鉄格子のはまった細長い窓が並んでいる。反対側に、間隔をおいてドアが四つ。ドアとドアの間の壁には、どこか南洋諸島のものらしい奇妙な形の面や、鹿の頭の剝製《はくせい》が飾ってあった。鹿のとがった角を見て、美那子は少し落ち着きを失った。足早にその前を通り過ぎる。

教えられたとおり、美那子は一番奥のドアをノックした。無意識に返事を待ち、それがなんの意味もないことに気づいて、冷や汗をかいた。由利は口がきけないのだ。そのことを忘れないように、よく頭に叩き込んでおかなければならない。

美那子は深く息を吸い、思い切ってドアを押し開いた。頭を下げて言う。

「おはようございます。朝食をお持ちしました」

顔を上げると、由利の無表情な目が、じっと美那子を見返していた。美那子は目を伏せ、トレイをテーブルに置いた。

由利はすでにガウンを着て、車椅子に乗っていた。髪にもブラシを入れたあとがある。

広い寝室だった。ベッドをはじめ、家具調度類はすべてアンティーク調に統一されている。美那子はふと、一度も行ったことのないヨーロッパの、片田舎の風景を思い浮かべた。家具にはそんなイメージがあった。相当使い込まれた年代物だということが分かる。

一方の壁に、大きな油絵の静物画がかかっていた。隅のライティングデスクの上には、アーチェリーの弓と矢筒が載っている。それに気づいて、ちょっとたじろぐ。

由利は車椅子を操作してテーブルについた。小さく顎《あご》を動かすと、あいている椅子にうなずいてみせる。すわれということらしい。

美那子は椅子を引き寄せ、向かい合って腰を下ろした。由利をまっすぐに見て言う。

「今日からお仕事をさせていただきます。まだ勝手が分からないものですから、しばらくはお役に立たないかもしれませんが、よろしくお願いします」

由利の口元がかすかにひきつった。笑ったのかもしれないが、はっきりしなかった。

由利はガウンのポケットに手を入れ、はがきくらいの大きさのカードを出した。それを美那子に向ける。

美那子は眉をひそめた。そこにはボールペンで、こう殴り書きしてあった。

——あの男を信じちゃだめ。

5

四日めになると、美那子もだいぶ勝手が分かってきた。

由利は毎朝十時ごろブザーを鳴らす。それを合図に、美那子が部屋に朝食を運ぶのだった。

由利は食事をしながら、美那子に新聞を音読させた。

由利の部屋の隣は書庫になっており、そこには古い本がぎっしり詰まっている。由利の父親の蔵書だったという。明治大正文学全集とか、新世界文学全集といった昔の全集物が多く、学術書や実用書はほとんどない。古本屋の娘の目から見れば、まず二束三文にしかならないものばかりだった。ただその膨大な量には圧倒された。

午後になると、由利は書庫から本を持って来させ、美那子と一緒にサロンへ下りる。暖炉の前のカウチに横になり美那子に本を抜き読みさせるのだった。

本を指定するのは由利自身で、それらは例外なしに古色蒼然《こしよくそうぜん》とした恋愛小説だった。声を出して読むのが照れくさいような代物だが、由利はそれを熱心に聞いた。そのときばかりは、ふだん無表情な顔が引き締まり、目がきらきらと光るのだ。ラブシーンが出てくると、顔が紅潮し、呼吸が速くなるのが分かる。明らかに興奮している様子だった。

そんなとき、美那子も何か妙な気分になり、読む声がうわずってしまう。意識するまいと思えば思うほど、口の中が渇き、動悸が激しくなる。一度など、緊張のあまり手をすべらせ、本を床に落としてしまった。急いで拾い上げ、詫びを言いながら由利を見ると、由利は目を異常に輝かせて、食い入るように美那子を見つめていた。美那子の狼狽《ろうばい》を見抜き、そのためにいっそう興奮したような様子がうかがわれた。

どうして自分で読まずに、それもことさらラブシーンの周辺ばかり選んで、人に読ませようとするのだろう。由利はやはりどこか正常でない――美那子はそのときそう思った。

その日は週に一度の往診日だった。崎山やすゑの話によると、精神科医は友野和彦といい、井《い》の頭《かしら》線の高井戸《たかいど》駅前にクリニックを開いているという。由利とは先輩後輩の間柄だが、六年か七年上で、大学で一緒だったことはないらしい。

友野が来るまでの間、由利と美那子はサロンのテーブルでカード遊びをすることにした。

由利はカードを裏返しにして、テーブル一杯にばらまいた。身振りで『神経衰弱』をやろうという。精神科医を待ちながら、『神経衰弱』か——。美那子は当惑しながらも、言われたとおりにした。

プレイを始めると、まもなく由利がそのゲームの達人であることが分かった。記憶力が抜群にいいのだ。一度表をさらした札は決して忘れず、かならず二度目でそれをものにした。勝負は大差で由利が勝った。

五回続けて圧勝すると、さすがに由利もあきたとみえて、カードをわきへ押しやった。

ふと思いついたように、パソコンのスイッチを入れ、フロッピーを差し込む。

画面が整うと、由利は美那子を自分の隣にすわらせた。慣れた手つきでキーボードに指を走らせる。

画面に字が出る。

——あなたのご主人は昼間何をしているの？

突然予期せぬ質問を受けて、美那子は緊張した。とっさに答える。

「だいたい寝ていますね」

夫は新宿でクラブの支配人をしていると、由利にはそう言ってあった。キャバレーと正直に言うことが、なぜかはばかられたのだ。

崎山にも、飲食店としか言っていない。

——夜は何時ごろ帰って来るの？

「夜というより、明け方ですね」

――明け方までお店が開いているわけ？

「そうじゃないと思いますけど、売り上げの計算やら何やらで、けっこう忙しいらしいんです」

由利はちょっと指を休めた。

――それじゃ、夫婦でゆっくり話をする時間もないでしょう。

「そうですね。主人が帰るころはわたしが寝ていますし、ここで働くようになってからは、わたしが出るころ主人が寝ているといった具合で」

――それじゃ、ご主人がかりにほかの男とすり替わっても、別にどうということはないわけね。

美那子は驚いて、由利の横顔を盗み見た。すり替わるとはどういう意味だろう。

「どうしてそんなことおっしゃるんですか。わたしたち、一応恋愛結婚なんですよ」

冗談めかして言う。恋愛結婚という言葉に多少後ろめたさを感じ、そう感じたことに自分で腹を立てた。

由利は画面に目を向けたまま、かすかに鼻を鳴らした。

――男は理解しがたい動物。何をたくらんでるか、知れたもんじゃない。

それを打ちながら、由利の口元がゆがむのを、美那子は見逃さなかった。

広いサロンに静寂が流れた。

美那子は唐突に、この間から気になっていたことを口にした。

「それで思い出しましたけど、月曜日に奥さまがカードにお書きになったこと、覚えていらっしゃいますか。あの男を信じちゃだめ、とお書きになったでしょう。あの男って、だれのことなんですか」

努めて軽い口調で言ったつもりだ。しかし、たちまち由利の頬がこわばるのを見て、美那子はよけいなことを聞いたと後悔した。

由利の指が、獲物を狙う鷹《たか》の爪のように、キーボードに襲いかかった。
◎◇◆☆☎☏◎◆☎◇☆◎＃
美那子はあっけにとられて、意味のない記号の羅列を見つめた。一瞬機械が壊れたのかと思う。つぎに、由利の思考の回路が断裂したのではないかと、ひやりとした。

急いで言う。

「すみません、変なことをお尋ねして」

由利は一つ溜め息をつき、またキーボードを叩いた。今度は文字が出た。

——あの男といったらあの男、あなたをこの家に入れた男。

美那子はとまどった。由利は夫の崎山のことを言っているのだろうか。

ためらいながらも、思い切って口を開く。

「あの、ご主人のことを言ってらっしゃるんですか」

——主人じゃないわ。

「でもわたしを面接なさったのはご主人ですよ」

由利は機関銃のような勢いで、激しくキーボードに指を叩きつけた。

――あの男は主人じゃない！

美那子はテーブルの下で膝頭を掴んだ。頭が混乱した。このまま奇妙な問答を続けようか、それとも話題を変えた方がいいだろうかと迷う。

それを見すかしたように、由利はキーボードを叩き続けた。

――外見は主人によく似ているけど、あれは別の男なの。別の男がすり替わって、主人になりすましてるの。

美那子はむりに微笑を浮かべ、由利の顔をのぞき込んだ。

「いつからすり替わったんですか」

――二年前。

美那子は上体を引き、そっと息をついた。

由利が発病したのも、確か二年前だった。するはだいぶよくなったと言っていたが、この様子では由利の症状は、まだ本調子といえないようだ。

由利はなおもキーボードを叩いた。

――信用してないのね。

急いで答える。

「わたしにはなんとも申し上げられませんね。まだ日が浅いですから」

由利は荒い息を吐き、また指を上げようとした。

そのときサロンのドアが開いて、するゑがはいって来た。

「奥さま、友野先生がお見えになりました」

由利は素早くキーボードを操作し、それまで打ち出していた文字を瞬時に消去した。フロッピーをはじき出し、電源をオフにする。青ざめた頬がぴくぴくした。

するゑと入れ替わりに、男がはいって来た。グレイのスーツを着た、姿勢のいい四十過ぎの男だった。メタルフレームの眼鏡をかけ、黒い診察カバンを提げている。

友野和彦は大股にテーブルのそばへやって来た。美那子が立ち上がって迎えると、友野は車椅子の由利の上に体をかがめた。

「こんにちは。ご気分はいかがですか」

口元に笑みを浮かべながら、如才のない口調で言う。美那子は精神科医を見るのは初めてだが、友野は医者というよりも、愛想のいいセールスマンのように見えた。

友野は由利の肩を軽く叩き、それから美那子の方に向き直った。背はそれほど高くなく、夫の陽介と同じくらいだろう。するゑが言ったとおり、なかなかハンサムな男だった。

美那子は頭を下げた。

「今度こちらで働かせていただくことになりました、永松と申します。よろしくお願いします。友野先生のお手伝いもするように言われておりますので、なんでもおっしゃってください」

友野は目をぱちぱちとさせた。

「あ、そうですか。こちらこそよろしく。ええと、治療は患者さんと二人きりで行なうことになっていますので、あまり気を遣っていただかなくていいですよ。必要なときはこちらから声をかけますから」

「分かりました」

美那子は短く答え、由利を見た。

由利は視線をそらし、車椅子を操作してドアに向かった。友野は美那子に目礼して、急いであとを追った。

二人が出て行くと、美那子は体の力を抜き、もう一度椅子にすわった。友野の口振りからすると、あまり手伝う必要がなさそうなのはありがたかった。

なんとなくパソコンを眺める。由利がさっき打ち出した文字が、暗い画面に残像のように浮かんできた。

——外見は主人によく似ているけど、あれは別の男なの。別の男がすり替わって、主人になりすましてるの。

別の男。あの崎山荘一郎は、偽者の夫だというのだろうか。

何を言っているのか、美那子には理解できなかった。

しかしそこに、この家の夫婦関係の実態が、端的に現れているような予感がした。

6

　ふと視線を感じて、永松陽介は首を回した。

　男が一人、映画館の看板を眺めている。永松はその顔をじっと見つめた。自分に視線を当てていたのは、この男ではなかったか。上背のある、四十過ぎの男だ。オールバックの髪に、黒縁の眼鏡をかけているのが見える。薄手の黒いコートを着込み、火の消えたパイプを横ぐわえにしている。

　午前零時をとうに過ぎた時間に、映画の看板を見るのが不自然でないとすれば、その男に不自然なところは何もなかった。しかし永松は、どこかしっくりしないものを感じた。

　信号が青に変わり、永松は横断歩道を渡り始めた。それとなく後ろを見たが、男は動かなかった。どうやら気のせいだったようだ。

　そのまま男のことは忘れ、永松は裏通りのいつもの雀荘にはいった。すでにメンツが揃い、勝負は始まっていた。常連の株屋に不動産屋、回転寿司のマスター、それに語学ビデオのセールスマンという顔触れだ。

　そばで見ていた、日に焼けた体格のいい男が、永松に気づいて顔を上げた。近くのバッティング・センターのオーナーで、伊集院《いじゅういん》という男だった。

「お、来たな、負けがしらが」

永松は腹の中で悪態をついた。たまにしか来ないが、伊集院は永松の大の苦手なのだ。麻雀の腕は負けないつもりだが、口でいつもやられてしまう。

相手をかっとさせ、勝負勘を鈍らせるのがこの男の常套《じようとう》手段だった。それを承知していながら、いつの間にかペースを乱され、ずるずると負けてしまう。それだけによけい腹が立つのだ。

ここの勝負は半荘《はんチャン》の半分、つまり東場《トンば》の表だけで終わるので、メンツの回転が早い。十分と待たないうちに、永松の番が回ってきた。

調子はまあまあだったが、伊集院がメンツに加わった場はてきめんにツキが落ちた。予想どおりだった。こういうときは深追いしない方がいい、と本能的に感じた。特に今月のように、負けが込んでいるときはなおさらだ。頃合いを見て、今夜は早めに切り上げようと思う。

不思議なことに、その冷静さが吉と出たのか、永松はいつの間にかじりじりと盛り返した。何回めかの場で、伊集院を直撃の三倍満に仕留め、大いに溜飲《りゆういん》を下げる一幕もあった。しかもそのおかげで、予想外のトップが転がり込んできた。

永松は頭の中で収支を計算した。現時点のトータルで、今月の負けを一桁《けた》にへらした勘定になる。今夜はこれくらいにしておこう。あとは月末までに、もう一頑張りすればいい。そう思った永松は、思い切りよく卓を抜けることにした。

伊集院は横目を遣っていやみを言った。

「なんだなんだ、勝ち逃げかよ。きたねえやつだな」

永松は薄笑いで応じた。

「その代わりあんたのとこへ行って、バットを振って来るよ」

伊集院のバッティング・センターは、終夜営業なのだ。ほかの連中が笑っている間に、永松はショバ代を払って雀荘を出た。午前三時を回ったところだった。

電車の始発までには、まだだいぶ時間がある。今夜はどうやらついているようだ。もう一稼ぎして行こうと永松は決めた。


同一の地域内で仕事をするのは、極力避けるようにしていた。まして同じ駐車場や路上を狙ったことは、まだ一度もない。かならず場所を変えるのが鉄則だった。

永松は仕事のあと、忘れずに車をロック状態にもどす。したがって、金を盗まれたことに気がつかない被害者も多いはずだ。とはいえ、同じ柳の下を狙うのは、やはり危険が大きかった。

その夜永松は、新宿から二十五分ほど歩き、高田馬場《たかだのばば》近くまで足を延ばした。とあるマンションの裏まで来たとき、暗がりに路上駐車している車を見つけた。赤の小型車だ。

いつもの手口で、ドアをあける。前の座席には何もなかった。後ろのシートに、革の手提げ袋が置いてあった。赤ん坊の肌着や靴下が雑然と詰め込まれている。どうやら見当違いの車を選んだようだ。

肌着を詰め直そうとしたとき、手提げの底にビニールの袋が張りついているのに気がついた。引き出してみると、角の折れた銀行の預金通帳が一冊と、一万円札が十数枚出てきた。思わず小さく口笛を吹く。これだからやめられない。久びさの大収穫だった。

赤ん坊を抱いた母親の、真っ青な顔がちらりと浮かぶ。しかしそれも一瞬のことで、永松はほくそえみながら車を下りた。

ドアをロックし直したとき、突然永松の耳にかすかな音が届いた。靴のかかとで、アスファルトをこじるような音だった。急いであたりに目を配る。

二十メートルほど離れた水銀灯の下に、黒い人影があった。あばら骨の下で、心臓が飛び跳ねる。見られたと思ったとたんに、体温が急降下するのが分かった。

人影が動いた。薄暗い光に照らし出されたのは、黒いコートを着て、黒縁の眼鏡をかけた背の高い男だった。

永松は恐怖に突き飛ばされ、あわてて身をひるがえした。反対側の闇に向かって、のめるように駆け出す。

今見た人影が、何時間か前に映画の看板を眺めていた男だと気づき、強いショックを受けていた。

7

働きはじめて三週間たった。

ある日家政婦の内山するゑは、沼津《ぬまづ》市にいる姉が急病で倒れたとかで、一日休みを取ることになった。

美那子はその前日、崎山から一日だけ泊まりを含めて、するゑの代わりを勤めてもらえないかと頼まれていた。夫がなんと言うか心配だったが、夜になって店へ電話すると、陽介は拍子抜けするほどあっさり許してくれた。自分もちょうど、仕事で泊まりになるのだと言った。キャバレーの仕事も、それなりに忙しいらしい。

その日崎山は休講日だとかで、朝から家にいた。美那子は朝食の準備から洗濯、掃除、買い物と、てきぱきと仕事をこなした。

由利はなぜか機嫌が悪く、一日中自分の部屋から出ようとしなかった。さわらぬ神にたたりなしで、昼食を運んだあと美那子は台所に引っ込み、シチューの仕込みと自家製のチーズケーキ作りに没頭した。

しばらくすると、突然ブザーが鳴った。美那子ははっとしてオーブンから体を起こした。この音にはいつも驚かされる。三週間たってもまだ慣れることができなかった。

二階へ上がろうとすると、崎山が下りてきた。パイプをくわえ、分厚い本を二、三冊抱えている。

「何か香ばしい匂いがしますね」

「チーズケーキを焼いているものですから」

「そりゃ楽しみだな。サロンにいるから、できたら持って来てくれませんか」

崎山の部屋は二階のとっつきにある。その前を抜けようとしたとき、どこかで何かがぶつかるような音がした。遠くできこりが木に斧《おの》を打ち込むような音だ。足を止めて耳をすます。間をおいて、また同じ音がした。どうやら奥の部屋らしい。

由利の部屋の前まで行くと、確かに中から音が聞こえてきた。数秒間隔で何かがドアに当たっている。美那子はちょっと躊躇《ちゅうちょ》したが、タイミングを見計らってノックした。音がやんだ。それを確かめてから、美那子はドアを押し開いた。

正面のフランス窓を背にして、由利が車椅子にすわっていた。由利は体を斜めにして、顔だけこちらに向けている。その左手には、アーチェリーが握られていた。

美那子は驚いてドアの裏側を見た。思わずぞっとする。下腹部に痛みが走った。ほぼ心臓の高さの羽目板に、直径十センチほどの丸い区域に集中して、数本の矢がびっしりと突き立っていた。

美那子はそっと由利に目をもどした。今にも由利が矢をつがえて、自分を射るのではないかという不安に襲われる。尖端恐怖が急激に胸を突き上げてきた。

由利は空になった矢筒を示し、ドアを指差した。矢を回収するように言っているらしい。美那子は気を取り直し、刺さった矢を抜きにかかった。軽合金製の矢は、しっかりと厚い羽目板に食い込んで、なかなか抜けない。

やっとのことで全部抜き、束にして由利の矢筒にもどした。それをするだけで、手がぬるぬると汗ばんだ。

「いつもお部屋でなさるんですか」

たしなめるように言うと、由利は弓をベッドにほうり投げ、ガウンのポケットからカードとボールペンを取り出した。乱暴な手つきで何か書き、美那子に向ける。

――あの男はどこ。

美那子はためらったが、しかたなく答えた。

「あの、ご主人のことでしたら、サロンにいらっしゃいますが」

またカードの上にかがみ込む。筆圧の強い手で、ぐいぐいと書きなぐった。

――あの男を見張って。わたしと二人きりにしないで。

それを見て、美那子はほとんど途方に暮れた。しかし由利の、何かに憑《つ》かれたような目に見すえられると、笑ってごまかすわけにもいかなかった。

「分かりました。気をつけるようにします」

そう調子を合わせると、由利はいきなり美那子の手を取り、小指と小指をきつくからませた。その異常な力の込め方に、美那子はぞくりとした。

昼食のトレイを持ち、逃げるように由利の部屋を出た。

ホールへ下りたところで、サロンのドアがあいて崎山が顔をのぞかせた。

「チーズケーキはまだ」

美那子は狼狽を隠し、トレイを胸の前に構えた。

「すみません、ちょっと時間がかかるんです。クッキーならありますけど」

「じゃあそれと、コーヒーでも持って来てもらうかな。あなたも一緒にどう」

「ありがとうございます。お相伴《しょうばん》させていただきます」

急いで洗い物をすませ、コーヒーのポットをサロンに運んだ。崎山は暖炉の前のソファに体を埋め、パイプをくゆらせながら本を読んでいた。

美那子はコーヒーを入れ、崎山の前に置いた。それから自分の分を入れる。

「家内の様子はどうですか」

「別に変わったことはございませんけど――。奥さまはアーチェリーをなさるんですか」

崎山は眉をぴくりとさせた。

「どうしてですか」

「あの、お部屋に道具が飾ってあったものですから」

「ああ、あれはかつての栄光の残骸《ざんがい》でね。高校のころ、都の大会で優勝したことがあるらしいんです。しかし最近は全然やってないから、もうだめでしょう」

そうでもありませんわ、と言いかけた言葉を、美那子は飲み込んだ。パソコンの画面に打ち出された文字が、不意にまぶたの裏によみがえる。

――あれは別の男なの。別の男がすり替わって、主人になりすましてるの。

今ここで、あなたは本物の崎山荘一郎さんですかと尋ねたら、この男はどんな顔をするだろうか。

「――なんだけど」

崎山が話しかけていることに気づき、あわてて美那子は目を上げた。ぼんやりしていたので、最初の方を聞き漏らしてしまった。

崎山はいぶかしげに眼鏡に手をやった。

「どうかしましたか」

「いいえ、すみません」

崎山は少しの間美那子を見つめ、それから改めて手にした横文字の本を示した。

「これ知ってますか、ルートヴィヒ・ティークの『フランツ・シュテルンバルトの遍歴』という未完の小説なんだけど」


崎山が在宅している日は、夫婦そろって台所に隣接する食堂で夕食をとった。そんなとき美那子とする〓は、夫婦の食事が終わったあと、台所のテーブルで食べることにしていた。しかしその日は崎山から、一緒に食堂で食べるように言われた。

時間になると、由利が一人で車椅子を動かして、食堂に下りて来た。ガウンのままだった。何日か前、由利の指示で部屋のクローゼットをあけたとき、美那子は一度でいいから着てみたいと思うような豪華なドレスが、ずらりと無造作に並んでいるのを見た。

しかしそれらを由利が着ているところは、ただの一度も見たことがなかった。美那子はそれを残念に思った。由利さえその気になって着飾れば、めったにお目にかかれない貴婦人ができあがるのだが。

食事の間は、崎山が一人でしゃべった。

美那子はできるだけ受け答えするように努めた。一方由利は、はたで見ていてはらはらするほど、夫の気遣いを無視した。わずかに美那子が、『フランツ・シュテルンバルトの遍歴』を知っているという話が出たとき、少し感心したように眉を動かしただけだった。それ以外は、かりに口をきくことができたとしても、あいづち一つ打ちそうにない固い態度だった。

気づまりな食事が終わって、ちょうど洗い物がすむころ、美那子は由利にブザーで部屋に呼ばれた。行ってみると、バスを使いたいと言う。バスは部屋の奥についていた。

由利は朝や昼でもバスにはいることがあり、手伝いをするのはそれが初めてではなかった。

由利の体は、とても三十半ばには見えないほどきれいで、肌のきめも細かい。透きとおるほど青白い色をしている。少し外へ出て、日光浴をするようにすすめたが、由利はそれをいやがった。

バスを使わせたあと、足の爪を切ってやりながら、美那子は内心不思議に思うことがあった。それは由利の脚が、体と同じようにほぼ完璧に、美しい形を保っていることだった。二年も車椅子で過ごしたとすれば、当然筋肉が落ちて細くなっていなければならないのに、由利の脚はそうではなかった。いくらか弾力が失われているにせよ、すぐにも立って歩けそうなほどたくましいのだ。

その夜美那子は、一階サロンの奥の来客用寝室をあてがわれた。そこもほかの部屋に劣らず豪華な寝室で、ちょっとした王侯気分を味わうことができた。天蓋《てんがい》こそついていないが、彫刻を施した優雅な木のベッドは、いかにも夢見がよさそうにみえる。

ところが現実にはそうはいかなかった。

美那子は夜中にいやな夢を見て、ふと目を覚ました。何か物音を聞いたような気がした。フロアスタンドをつけ、時間を確かめると午前二時過ぎだった。

また音がした。ちょうど真上の、由利の部屋のあたりだ。ちらりとアーチェリーのことが心に浮かぶ。しかし今度はもっと重く、不規則な音だった。美那子はベッドをすべり下り、スリッパをはいた。上で何かが落ちたらしく、天井が震える。こんなしっかりした建物で、天井に響くほどのショックが伝わるとすれば、よほどのことだ。

美那子は大急ぎで寝室を駆け出た。手近のスイッチで明かりをつけ、サロンを通り抜ける。玄関ホールには補助灯がついていた。

急ぎ足で二階へ上がる。崎山の書斎兼寝室のドアがあけ放しになっていた。廊下の奥に目を向けると、由利の部屋のドアから、細い光が漏れているのが見えた。また低い物音がする。唸《うな》り声のようなものも聞こえた。

美那子は無意識に息を殺し、足音を忍ばせて廊下を急いだ。由利の部屋の前まで来ると、そっとドアの隙間から中をのぞく。

そのとたん美那子は、骨まで凍りついた。もう少しで胃袋をその場に吐き出しそうになる。

ベッドに横たわった由利の上に、崎山がかがみ込んでいた。由利は弓なりに体を突っ張らせ、すごい唸り声を上げた。体のわきに押しつけられた手が奇妙な形にねじ曲がり、ネグリジェからはみ出した足がベッドを激しく蹴りつける。異常に緊張した太股《ふともも》の筋肉が、わなにかかった動物のようにひきつっていた。

　美那子は一瞬、二人が夫婦の営みをしているのかと思った。しかしそうではなかった。我知らずあとずさりする。足がこわばり、いうことをきかなかった。頭がかっとして、体中の毛穴が開いたような気がした。

　目が由利の顔に釘づけになる。鼻と口のあたりに、ビニール袋のようなものがかぶさっていた。それを崎山が、両手でしっかりと押さえているのだ。

　——あの男を見張って。わたしと二人きりにしないで。

　由利の書いた文字が、目の裏で渦を巻いた。

　美那子は自分を励まし、数歩廊下を後もどりした。それから大声で叫びながら、改めて由利の部屋の方へ駆け出した。

「奥さま、どうかなさいましたか。大丈夫ですか、何か大きな音がしましたけれど」

　ドアに飛びつき、一息に押しあける。

　崎山が上体を起こし、戸口を振り向いた。手にビニールの袋を持ったままだった。

　由利の体が、ぐたりとベッドに伸びている。しかしその胸が大きく上下するのを見て、美那子はほっとした。

「どうなさったんですか」

　なじるように崎山に言う。

崎山は眼鏡の奥で目をぱちぱちとさせた。それから肩を落とし、静かに言った。

「びっくりさせてすまなかった。しばらく出なかったので、あなたに言い忘れていた。家内にはたまに、過換気症候群が出るんです」

美那子はぽかんとした。

「カカンキショウコウグン」

「そう。要するに酸素を吸い過ぎて、体内の炭酸ガスが足りなくなる病気でね、酸化過多症ともいうんです」

「その袋はなんですか」

美那子に指摘されて、崎山はビニール袋を見下ろした。急いでそれを床に投げ捨てる。

「応急処置ですよ。これを顔にかぶせて、自分の吐いた息をもう一度吸わせる。そうすると自然に炭酸ガスが補給されて、一応症状が収まるんです」

8

永松陽介は怒りを押し殺し、相手を睨《にら》みつけた。

「いったいなんの用なんだ。あんたはだれなんだ。どうしておれを知ってるんだ」

黒縁の眼鏡の男は、とぼけたように唇の端に笑いを浮かべ、パイプの煙を吐いた。

「むずかしい質問を、一度に三つもしちゃいけませんね。わたしは、あなたが車荒らしをするのを、ずっと見ていたんですよ。ここのとこずいぶん精が出ましたね」

永松はぎくりとして、あたりを見回した。

深夜のスナックはかなり立て込んでおり、だれも二人に注意を払う者はいない。

永松は十分ほど前、夜食をとろうと店の裏口を出たところで、黒いコートを着たこの男に声をかけられたのだ。男はまるで旧知の間柄のように、なんの前口上もなくいきなり、お茶でも飲みませんかと誘ってきた。断るとためになりませんよ、とばかていねいな口調で、脅し文句をつけ加えるのを忘れなかった。

男は上背があったが、やや動きが鈍く、危険なタイプの人間には見えなかった。それが永松の警戒心を緩くした。しかも永松には、先夜この男か、あるいはこの男とよく似た男にあとをつけられ、車荒らしの現場を見られたかもしれないという弱みがあった。それを確かめたい気もして、誘いに乗ったのだが、今の男の一言で、その危惧《きぐ》が現実のものであることがはっきりした。この男は永松の隠れた仕事を承知しており、そのことで何か取引をしようとしているに違いなかった。

永松はコーヒーを飲んだ。

「もう一度聞くけど、おれになんの用なんだ。おれが何をしようと、あんたに関係ないだろう。あんたに迷惑かけたわけじゃなし」

「それはそうです。しかしわたしは、犯罪を目撃しながら黙っていることで、良心の呵責《かしやく》を感じている。その心理的負担を、あなたに軽くしてもらう権利があると思うんですがね」

妙に持って回った言い方をする男だ。こういうタイプは、荒っぽいことが苦手な男に多い。うまくあしらうことができるかどうか、しばらく様子をみてみようと永松は思った。

「あんたはだれなんだ。どうしておれなんかに興味を持つんだ」

男はにっと笑った。

「わたしたちは、まんざら赤の他人というわけじゃないんですよ。今あなたの奥さんは、わたしの家で働いてるんです」

永松はびっくりして、コーヒーカップを落としそうになった。改めて相手の顔をよく見る。髪をオールバックにした、いかにもインテリ臭い顔つきの男だ。

するとこの男が、美那子に月給二十万円を払う、例の大金持ちの教授なのか。

「待ってくれ。あんたがおれの女房の——。あんたなんですか、崎山さんというのは」

思わずしどろもどろになった。

「そうですよ。あなたの奥さんにはたいへん満足している。よく働くし、気がきくし、頭もいい。ヴァッケンローダーや『フランツ・シュテルンバルトの遍歴』を知っているのには、正直言って驚きました」

その話は美那子から聞いていた。

「え——ええ、あれは古本屋の娘なもんだから」

永松は、口のきき方をどうしようかと迷いながら、とりあえず応じた。妻の雇い主となれば、あまり乱暴な応対もできない。しかしその崎山が、いったいなんの用があるというのだろう。

崎山は続けた。

「それにわたしの家内が、ひどく奥さんのことを気に入りましてね。おかげで助かってるんですよ、わたしとしても」

「そりゃどうも」

永松は手の甲で額の汗をぬぐった。

「ああいう女性のご主人というのは、どんな人かと思いましてね。それでちょっと調べさせてもらったんです」

「期待を裏切って、すまんですね」

永松は半ばやけくそでそう言った。いったいこの男は、おれに何が言いたいのだ。女房にふさわしい生き方をしろと、人に説教を垂れるつもりか。

崎山は突然話題を変えた。

「それはそうと、賭け麻雀はけっこうお金がかかるんでしょう」

永松は腹の中で罵った。そこまで調べ上げるとは、いったいどういう男だ。大学教授のかたわら、興信所のアルバイトでもしているのだろうか。

黙っていると、崎山はまた口を開いた。

「けちな車荒らしでは、資金の調達もままならないんじゃありませんか」

「大きなお世話ですよ」

むっとして言い返すと、崎山はまたにっと笑った。

「このままだと、奥さんが稼ぐ二十万もそちらの方に消えてしまうでしょうね」

「ほっといてくれませんか」

永松は頭にきて、席を立とうとした。崎山はその腕を押さえた。

「永松さん。もう少し効率のいい仕事をしてみるつもりはありませんか」

崎山の顔を見ると、真剣な表情だった。永松はすわり直した。

「仕事ってどんな」

「謝礼はたっぷりはずみます。二百万くらいは払えるでしょう」

永松はあっけに取られた。この男は正気だろうか。二百万円などという大金を、ろくに素《す》姓《じょう》も知らないこのおれに払おうというのか。

「いったいどんな仕事なんですか」

崎山は体を乗り出し、声をひそめた。

「別に人殺しをしてくれ、と言うんじゃありません。ちょっとうちへ忍び込んで、家の中をかき回してもらえばいいんです」

永松は頭をこづかれたように、体を引いた。

「それはどういうことですか。おれに泥棒の真似でもしろと言うんですか」

「そうです、まさに泥棒の真似です。場合によっては家内を少々脅かして、居直り強盗を演じてもらってもいい」

「じょ――冗談はやめてください」

「冗談でこんなことは言いませんよ。奥さんから聞いておられるかもしれないが、わたしは養子でしてね。三鷹の屋敷を売ろうとしても、家内の承諾がなければ物置一つ売れないんです。ところがわたしは、どうしても屋敷を売りたい」

永松はぽかんとして崎山の顔を見つめた。いきなりなんの話を始めるのだろう。

崎山は一人でうなずいた。

「それというのも、金がないからです。わたしの月給では、家計費と家政婦の給料をまかなうのが精一杯でね。それに今月からは、あなたの奥さんにも給料を払わなければならない。それより何より、かかりつけの医者に対する出費が大きい。精神科の治療というのは、けっこうお金と時間がかかるんですよ。だからわたしは、三鷹の屋敷を売って、現金を作りたいんです」

「売ればいいじゃないですか」

崎山は首を振った。

「家内が承知しないんです。三代続いた屋敷を売るのは、どうしてもいやだと言ってね。あんな広い家に夫婦二人で住むことが、いかにむだであるか理解しようとしない。固定資産税だけでもたいへんな額になるのにね。わたしとしては、明日にでもあそこを処分して、もっとこぢんまりした家に移りたいんです」

永松は首筋をかいた。

「そのこととおれが強盗になることと、どんな関係があるんですか」

「だだっぴろい家に、小人数で住むことがいかに不用心であるか、身をもって感じさせてやるんです。生活費が足りないとか、維持費がかかるなどという話より、その方がよっぽど効き目がある。家内は以前、近所に泥棒がはいったと聞いたとき、ひどく脅えていました。もし自分の身に同じような危険が迫れば、一も二もなくわたしの意見に賛成するだろうと思うのです」

　永松はぬるくなったコーヒーを飲み干し、唇をなめた。

「あんたの言うことは、おれにはひどくばかげた話に聞こえますね」

「家内はもう二年も口をきけず、その上車椅子に乗ったままの生活を送っているんです。このままでは、いずれ医者に全財産を吸い取られてしまう。そんなことにならないうちに、手を打ちたいんです。一度怖い思いをすれば、わたしの言うことを聞く気になるでしょう」

　永松はたばこをくわえた。震える手でやっと火をつける。

「けちな車荒らしの代償に、強盗をやれと言うんですか。まったく冗談じゃない」

「強盗といっても、ただ家内を脅して、その辺にある金を持って行くだけでいいんです。なんの危険もありませんよ。警察に捕まる心配はないし、万が一にも捕まるようなことがあったら、わたしに頼まれたと言ってくれていっこうにかまいません。いたって簡単なことですよ」

「そんなに簡単なら、自分でやればいいじゃないですか」

「自分でやると、狂言だということがすぐにばれてしまう」

「だからって、おれに白羽の矢を立てることはないでしょう」

崎山は慎重に首を振った。

「この仕事は、だれにでも頼める性質のものじゃない。多少弱みがあって、きちんと言うとおりにやってくれる人でないとね。とにかく屋敷さえ売れれば、わたしにとって二百万くらいの謝礼は安いものだ。しかしあなたにとっては、そう簡単に稼げる金じゃない」

永松は腕組みをした。

「ちょっと考えさせてください。あまり急な話なので、頭が混乱してきた」

崎山は少しの間永松を見つめ、それから伝票を摑んだ。

「いいですとも。二、三日したら、またお店をのぞきますよ。そのときに返事してもらえばいい」

永松はほっとして腕組みを解いた。考える時間ができたのはありがたかった。

崎山は急に目を光らせ、思い出したようにつけ加えた。

「ところで、わたしのうちへは電話しないようにね。だれが電話を取るか分からないし。家内はひどく敏感な女でしてね。何か変わったことがあると、すぐに感づいてしまうから。だからこの件は、あなたの奥さんにも黙っていてほしいんです。その方がお互いにいいことは、よくお分かりでしょう」

9

美那子はサロンにコーヒーを運んだ。

友野医師は下がろうとする美那子を呼び止め、椅子にすわるように言った。

美那子がすわると、友野は世間話をするような口調で話しかけてきた。

「ここしばらく、奥さんの様子に何か変わったことはありませんでしたか」

「変わったことと申しますと」

「どんなことでもいいんです。あなたは奥さんと一緒にいる時間が長いし、何か治療の参考になることがあればと思ってね」

美那子は唇を引き締めた。いい機会だと思いつつも、いざとなると迷いが出る。しかし医者に対して隠しごとをするのは、由利のためにならないと心を決めた。

「あの、奥さまは、過換気症候群とかいう病気に、かかっていらっしゃるんでしょうか」

友野は眼鏡を光らせた。

「どうして」

「実は、ついこの間の夜――奥さまにその症状が出たらしいんです。わたしがお部屋に駆けつけたとき、ご主人は奥さまの顔にビニール袋をかぶせていらっしゃいました。あとでお聞きしますと、応急手当でそうしたとおっしゃるんです。でも奥さまは手足を突っ張らせて、とても苦しそうでした。わたしは、奥さまが窒息するのではないかと思って、はらはらしたくらいです」

美那子が一息に言ってのけると、友野は親指と人差し指で顎をなでた。しばらく口をつぐんでいたが、やがてうなずきながら言う。

「そうですか。奥さんが以前、過換気症にかかったことがあるのは聞いています。極度の緊張をしいられたりすると、出てくる病気でね。手足が突っ張るのはテタニー症状といって、こうなると全身が痙攣《けいれん》して失神状態に陥るんです。袋をかぶせるのは、炭酸ガスを補給する意味で、極めて合理的な処置といえる。もっとも、かぶせっぱなしにしておくと、ほんとうに窒息してしまうけど」

美那子はほっとして肩の力を抜いた。やはり心配することはなかったのだ。いくらなんでも、崎山が由利を窒息させることなど、あるわけがない。

話題を変える。

「ところで、奥さまの具合はどうなんでしょうか。もう二年もあの症状が続いているということですけれど」

「少しずつだけど、快方には向かっている。しかしあと半年か一年はかかるでしょう。心の傷を探り出して、それを白日の下にさらさないと、あの症状は消えない。それにはやはり時間が必要でね」

美那子は下を向き、それから思い切って顔を上げた。

「あの、こんなことお話ししていいかどうか分かりませんけど、奥さんのことでちょっと気になることがあるんです」

友野は物柔らかな笑みを浮かべた。

「それはぜひ聞かせてほしいな。何が治療の役に立つか分かりませんからね」

「あの、奥さんはご主人のことで、何か妄想を抱いてらっしゃるようなんです」

「妄想ですって」

「ええ。ご主人を信用してはいけないとか、二人きりにしないでほしいとか、紙に書いてわたしに見せるんです」

友野は表情を変えなかった。

「ほかには」

「ばかばかしいようですけど、ご主人は本物のご主人ではない、別の男がすり替わっているのだと、そんなことを──」

友野の顔が暗くなった。眉根を寄せ、じっと考え込む。

「どうなんでしょうか」

催促すると、友野は溜め息をついた。

「それはあまりよくないな。カプグラ症候群が出たのかもしれない」

「カプグラ──症候群ですか」

「そう。自分の身近な人間が、瓜二つ《うりふた》の他人にすり替わっていると誤信する病気でね。ほとんど女性の、それも分裂病によく現れる症状なんです」

「わるい兆候なんですか」

友野は小さくうなずいた。

「そう言えるね。感情障害、とくに恋愛とかセックスにからむ心の葛藤《かっとう》が強いときに、出てくるケースが多い。奥さんが口をきけなくなったり、歩けなくなったりしたのも、もとはといえばそのあたりに原因がある」

そこまで言ったとき、ドアがあいて内山するゑが顔を出した。

「先生、奥さまのご用意ができましたようですが」

友野は話を途中にしたまま、二階へ上がってしまった。

美那子はしかたなくコーヒーを片づけ、サロンの掃除に取りかかった。友野の言葉が、掃除機の音よりも大きく、耳の中で反響する。

恋愛やセックスにからむ、心の葛藤。

由利のいかにも高慢そうな仮面の下に、そのような激しい感情が渦巻いているとは、とうてい信じられなかった。

掃除を終え、ふと暖炉の前のカウチを見ると、午前中由利に読み聞かせた本が三冊ほど載っているのが見えた。書庫へもどそうと思い、本を抱えて二階へ上がる。

書庫にはいって、本をもとの場所に返した。薄暗いいかにも陰気な部屋だが、美那子はその雰囲気が気に入っていた。古いほこりとかびの臭いが、小さいころの自分の家を思い出させるのだ。手近な本を取り、ページを繰ると、懐かしい薫《かお》りがぷんと鼻をついた。

そのとき美那子は、どこかで人声がするのを聞いた。耳をすますと、書庫の奥の方から聞こえてくる。何を言っているのか分からないが、声は断続的に続いた。美那子は書棚の間を抜け、奥の方へ移動した。

右手の書棚の陰に、半分隠れた木のドアが見えた。声はその向こうから聞こえてくるようだった。美那子ははっとして足を止めた。そのドアが、隣の由利の部屋につながっていることに気づく。

あわてて引き返そうとしたが、美那子の足は金縛りにあったように動かなくなった。無意識にドアを見つめる。確かにくぐもった話し声が聞こえた。男の声と、それに答える女の声。

美那子は生唾を飲み、耳をすました。いったいこれはどういうことだ。男の声は友野医師とみてよい。しかし女の声はだれだろう。すゑは台所にいるはずだから違う。由利だろうか。いや、まさか由利であるわけがない。だが――やはり由利だろうか。由利の症状が回復して、口がきけるようになったとでもいうのだろうか。

美那子はもっとよく聞こうとして、体を乗り出した。突然ドアの向こうで、押し殺したような女の笑い声が起こった。驚いた美那子は、そばに横積みしてあった本の山に肘をぶつけた。山がぐらりと揺れて倒れかかる。

美那子はとっさにその下に腕を差し入れ、崩れかかる本をせき止めた。一番上の一冊が床に落ち、重い音を立てる。心臓が破裂しそうだった。唇を嚙《か》み、必死で山を支える。

細心の注意を払って、それをもとのように立て直す。体中に冷や汗が吹き出した。ようやく本から手を離し、ほっと一息つく。

いつの間にか、話し声はやんでいた。

美那子はできるだけ静かに、しかし大急ぎで出口に向かった。聞いてはいけないものを聞いたような気がして、ひどく足が震えた。

ドアを引いたとたん、美那子はもう少しで声をあげるところだった。思わず息を飲み、体を硬直させる。

外の廊下に、友野が立っていた。

妙にやさしい声で言う。

「何か音がしたようだけど、どうかしたの」

美那子は胸の前で両手を握り合わせた。急いで答える。

「申し訳ありません。本をもどしに来たんですが、床に落としてしまって——」

友野はじっと美那子を見つめた。頭の皮をはがされるような視線だった。美那子は我知らず体をすくませた。

友野は急に薄笑いを浮かべた。

「あなたは、わたしの手伝いをするようにと、そう言われているんだったね」

突然そう聞かれて、美那子はとまどった。

「は、はい」

「それならいいだろう。あなたに協力してもらうために、見せたいものがある。一緒に来てください」

きびすを返して、由利の部屋にもどる。しかたなく美那子も、あとに従った。

中にはいると、ガウン姿の由利がベッドに腰を下ろしていた。素足を床につけ、腕を組んで顎を高く突き出している。美那子の方を見ようともしない。

美那子はそっと友野の様子をうかがった。友野は静かにうなずいた。

「奥さんは今、催眠状態にはいっている。いわば、心の抑圧から解き放たれた状態にある。これから起こることを、驚かないで見ているように。へたに騒ぐと、催眠が中途半端に解けて、悪影響が出るからね」

友野に指で示されて、美那子は部屋の隅に立った。何が起ころうとしているのか皆目見当がつかず、不安でいっぱいだった。

友野は深呼吸すると、芝居がかった調子で由利に声をかけた。

「さあペンテジレアよ、おまえのアキレスに何か言葉をかけてやるのだ」

美那子は目をみはった。友野の言葉が終わるか終わらないうちに、由利がさっと立ち上がったのだ。少しもふらつくことなく、まっすぐに立ったのだ。

由利は顔をゆがめ、口をあけた。両腕を翼のように広げる。やがて食い縛った歯の間から、押し殺した声が漏れ始めた。

「愛する男の首にすがる女は、かならずかく言うであろう。そなたを愛すると、おお、愛するあまり、そなたに食いつきたいほどじゃと。だが愚かな女よ、おまえは口にした言葉をすぐに忘れてしまう。だがわたしは違うぞ。わたしはその言葉を守った。言葉どおりにそなたの首に、食いついたのだ。わたしは狂っているだろうか、いや、断じて――」

美那子はめまいを感じ、そばのサイドボードに摑まった。立つこともできなければ、口もきけないはずの由利が、なんと立ち上がってしゃべっている。さっき書庫で耳にしたのは、やはり由利の声だったのだ。

ふと我に返ると、由利はすでに口を閉じ、ベッドにもどっていた。友野が肩を押さえると、逆らわずに静かに横になる。たった今、激しい言葉を吐いたとは思えぬ、穏やかな表情だった。

友野は美那子の方に向き直った。

「見たとおりです。彼女は催眠状態の中では立つことができ、しゃべることもできる。今の芝居は、大学時代に演じたクライストの戯曲『ペンテジレア』の一節でね。愛する男を食い殺す女の話で、彼女の得意の役だった」

美那子は額をこすった。いつの間にか、汗びっしょりになっていた。

由利の脚が、不思議に衰えていない理由が、今初めて分かった。友野がこうして催眠をかけ、肉体的な訓練を施していたからに違いなかった。

「彼女は当時、同じ芝居でアキレスを演じた木下という男を、ひそかに愛していたらしい。しかしプライドの高い彼女は、それを口に出すことができず、ずっと心の中にその感情を閉じ込めてきた。今のご主人と結婚したあとも、それは変わらなかったんだね。ご主人を他人と誤信するのも、本来はこの人と結婚するはずではなかったという思いが、そうさせているのだ」

「もしかして奥さまは、二年前のOB会で、その木下さんというかたと再会されたんじゃありませんか」

友野は驚いたように眉を上げた。

「そのとおりだ。わたしもそのOB会に出席したんだが、実はその席で木下が、当時この人とマドンナの座を争っていた同期の女性と、結婚していることが分かった。そのことで彼女は、相当ひどいショックを受けたんだね。そのために、もう二度とふたたび『ペンテジレア』を演じたくない、それどころか思い出したくもないという強迫観念に捉われた。そしてその直後の酩酊《めいてい》がきっかけになって、口もきけず立つこともできないという、強度の神経症状が発現したわけだ」

美那子は深く息をついた。まるで芝居の続きを見ているような気分だった。友野の説明は分かりやすく、素人《しろうと》の美那子にもよく納得できた。恋愛やセックスの葛藤というのは、このことだったのだ。

「でもそこまで解明できているのに、どうして症状が消えないんですか」

友野は肩をすくめた。

「それは本人の気の持ち方しだいでね。現実を受け入れようという意欲がない限り、症状の改善にはつながらない。この人がそういう意欲を持てるように、あなたがそばにいて励ましてやってくれるといい。そのために今、この人の病気のからくりを、その目で見てもらったわけだからね」

10

永松陽介はポリバケツを蹴飛ばした。

とうとう麻雀の負けが九十万円を超えた。このままでは、百万に達するのも時間の問題だろう。喉元まで泥沼にはまってしまった。

すっかり頭に来ていたので、路地の角を曲がったとたん、駐車していた車のボンネットに危うくぶつかりそうになった。

悪態をつこうとして、永松はふと思いとどまった。急速に記憶がよみがえる。前にも同じような場面に遭遇したのを思い出した。息を飲んで車を見つめる。

白のベンツだった。何カ月か前に出くわした、あの外車とよく似ている。いや、似ているどころか、間違いなくあのときの車だ。フロントガラスにぶら下がっている、マスコットの人形に見覚えがあった。

反射的にあたりを見回す。心臓がきりりと引き締まった。いつの間にか、あのときの路地に曲がり込んでいたことに気づく。どういう巡り合わせか、自分でもそれと意識せずに、最初の犯行現場にもどっていたのだ。

永松は急いで引き返そうとした。しかし気持ちと裏腹に、足はベンツの助手席のドアに吸い寄せられていた。思わず口をあける。ガラス越しに、あのときと同じ黒いアタシェケースが置いてあるのが見えた。

唇をなめ、もう一度あたりを見回す。路地に人影はない。そっと手を伸ばしてドアを試した。我知らず溜め息が出る。そううまくはいかなかった。今度はしっかりロックされていた。

永松はじっとアタシェケースを見つめた。同じ場所では二度と仕事をしないと、そう心に決めた掟《おきて》がふと頭をよぎる。しかしケースの中には、あのときと同様、札束が唸るほど詰まっているように思われた。いや、間違いなく詰まっている。黙って見逃す手はない。

永松は使い慣れた針金を取り出し、ウィンドーのゴム枠の隙間に差し入れた。先端の微妙な感触の変化を捉えようと、指に全神経を集中させる。今ではどんなロックでも、一分以内にはずせる自信があった。

しかし外車を破るのは久しぶりだったので、かなり時間がかかった。ようやく指先に手応えがあり、ロックがはずれた。静かにドアをあけ、アタシェケースの上にかがみ込む。錠を確かめ、指で弾くと、軽い音をたててロックが跳ね上がった。

震える手で蓋をあける。

まるで夢を見ているようだった。そこにはまぎれもなく、あのときと同じように、一万円の札束がぎっしりと詰まっていたのだ。

永松は思わず低く口笛を吹いた。

「こいつは驚いた。まったく驚いたぜ。同じ柳の下に、どじょうが二匹いたとはなあ」

独り言を言いながら、我を忘れて札束に見とれる。あまりに話がうますぎて、実感がわかなかった。こんな幸運が二度も巡ってくるとは、いったい世の中どうなっているのだろうと思う。

次の瞬間、永松は札束に顔を押しつけ、悲鳴を上げていた。

だれかが後ろから、いきなり力任せに、首筋を押さえつけてきたのだ。永松は動転して、相手の腕から逃れようと、シートの上でもがいた。相手の腕はびくともしなかった。

頭の上でしゃがれた男の声がした。

「おい、聞いたぞ、今のせりふ。この前の仕事もきさまがやったんだろう。悪いことはできねえもんだな、まったく。神さまのお引き合わせとしか思えねえぜ。このおとしまえはかならずつけてもらうからな、覚悟しろよ」

それを聞いて、永松は冷水を浴びせられたようになった。だれだか分からないが、声の調子やしゃべり方からして、相手の男は間違いなくやくざか暴力団員だった。やはり心配していたように、あの金はやばい金だったのだ。しかもよりによって、当の相手に現場を押さえられるとは――。

この分では、指を詰めるくらいではすまないだろう。体中をなますにされるかもしれない。そう思うと、恐怖感で目の前が暗くなった。札束に顔を埋めながら、運命を呪うはめになろうとは、ついさっきまで考えてもいなかったことだ。血だらけになった自分の体が目に浮かぶ。

「さあ、立て、立つんだ。立ってツラを見せやがれ」

男は憎にくしげに言い、永松の襟首《えりくび》を引きずり上げようとした。そのとたん、男の口から小さな悲鳴が漏れ、襟首を摑んだ手が離れた。路上に重いものが倒れる音がする。さらにもう一度鈍い音がして、低くうめき声が流れた。

やがて物音がやむ。

永松は体を起こし、恐るおそる向き直った。派手なワインレッドのスーツを着た男が、足元に倒れていた。パンチパーマをかけた頭が、タイヤにもたれて寝ているように見える。

黒いコートを着た男が、手にしたブロックの固まりを投げ捨てた。

「さ――崎山さん」

永松は安堵《あんど》と驚きのあまり、声を震わせながら言った。崎山は、永松の腕を摑んで引っ張った。眼鏡が街灯の光にきらりと光る。

「さあ、行きましょう。すぐにも息を吹き返すかもしれない」

永松は崎山に引きずられるようにして、その場を離れた。二人とも無言で、角から角へと路地を曲がる。だれも追いかけてくる様子はなかった。

現場を十分に離れたところで、崎山は歩調を緩めた。

「もう新宿は危ない。店もやめた方がいいでしょう」

永松は答える気力もなく、ほっと息をついた。まだ足が震えている。

崎山は顔をのぞき込み、にっと笑った。

「これでわたしの計画に協力してもらえるでしょうね。わたしはあなたを危機から救ったんだから。念のために言っておきますが、わたしはあの車のナンバーを覚えた。したがっていつでも連中に、あなたや奥さんの素姓を教えることができる。そろそろ取引してもいいころじゃないですか」

それとなく美那子のことを持ち出されて、永松はいやな感じがした。この男は人の脅し方をよく心得ている。

永松は力なくうなずいた。

「あんたのしつこいのには負けましたよ。しかたがない、この間の話、一口乗ろうじゃないですか。どこかに腰を落ち着けて、段取りを決めましょう。おれもやる以上、きちんとやりたいから」

11

崎山邸の裏の通りには、人っ子一人見えなかった。月明かりで腕時計を確かめる。まもなく午前二時だった。

永松陽介は、長ながと続く漆喰の塀の一部にはめ込まれた、小さな木戸を見つめた。試しに拳で叩くと、固い重そうな音がする。なまなかなことでは壊れそうもなかった。

革手袋をはめ、錠前のあたりに右手を当てる。半信半疑で押してみると、わずかに緩みが感じられた。そこで足を踏ん張り、少し力を入れた。すると、意外に簡単に金属の弾ける音がして、木戸があいた。

永松は急いで中へはいった。すぐに木戸をしめ、一息つく。崎山の言ったとおり、裏木戸の錠はもろくなっていて、蝶《ちょう》つがいごとはずれた。ここまでは一応、予定どおりにことが運んでいる。しかしまだ油断はできない。

崎山の話を、永松は全面的に信用したわけではなかった。崎山は見た目は物静かな男だが、何を考えているのか分からないところがある。美那子も同じようなことを言っていたし、用心するに越したことはない。

それもあって永松は、念のため店へ出る前に、美那子あてに置き手紙をした。万が一自分が窮地に陥るようなことがあれば、その責任はすべて崎山にあることを訴えた手紙だ。車荒らしの件はさすがに伏せたが、崎山が持ちかけてきた話は細大漏らさず書き記した。朝までに帰宅できなかった場合、それが美那子の目にとまるように、トースターの中に入れて出てきた。そんなものがどれだけ役に立つか分からないが、少しは気休めになった。

永松は立ち木の間を抜け、大きな建物の裏へ出た。二階北側の、細長い窓の列から、黄色い明かりが漏れている。なるほど広い敷地だ。売ればかなりの額になるだろう。二百万円程度の謝礼では、少なすぎるかもしれない。

建物に沿って南側へ回る。美那子はお化けの出そうな古い西洋館だと言っていたが、まさにそのとおりだった。こんな屋敷がまだ東京に残っていたのかと、半ばあきれ、半ば感心する。

南側は一面のガラス窓で、外は広いテラスになっていた。明かりは漏れてこない。永松はテラスに上がり、左端のガラス戸を試してみた。軽い音とともに、戸がレールの上を移動する。これも予定どおりだった。

家政婦には休暇を与え、不在にしておくと崎山は言った。したがって戸締まりは、帰る前に美那子がしたはずだが、あとで崎山がこのガラス戸だけ解錠しておく手筈《てはず》になっていたのだ。

カーテンを分けて中へはいると、そこはサロンだった。崎山の説明では、二階へ上がるには一度玄関ホールへ出なければならない。闇に包まれた、だだっ広いサロンを横切るのに、思ったより時間を食った。

やっとホールへ出る。玄関の補助灯が点灯し、あたりの様子がおぼろげに見てとれた。階段の上がり口に、小さなリフトがセットされているのが見える。車椅子のためのものらしい。

永松は用意してきたストッキングを頭からかぶり、足音を忍ばせて階段を上った。

打ち合わせでは、まず最初にいちばん奥の部屋へ行き、崎山の妻由利を縛る。由利は口がきけないが、たぶん恐怖で錯乱し、暴れるだろう。その物音に気づいたふりをして、崎山が駆けつけてくる。それを永松が殴り倒し、縛り上げて金や貴重品のありかを聞き出す。その間、由利の恐怖感をいやが上にも掻き立てるために、せいぜい凄《すご》んでみせる。すぐにでも引っ越したくなるような、荒っぽいやり方でだ。

永松は二階へ上がった。天井の明かりで、廊下がまっすぐ奥へ延び、左側にドアが並んでいるのが見える。崎山が説明したとおり、分かりやすい間取りだった。耳をすます。何も聞こえない。爪先立ちで廊下をいちばん奥まで行った。

ドアからかすかな明かりが漏れている。間接照明がついているようだ。永松は深呼吸すると、ポケットからサファリナイフを取り出した。膝にかすかな震えが走る。ストッキングの具合を確かめ、ドアを一息に押し開いた。すばやくベッドの位置を見極め、そっちへ向かう。二、三歩踏み出したところで、永松はぎくりとして足を止めた。

ベッドは空だった。

あっけにとられて、その場に立ち尽くす。シーツはぴんとしており、だれもそこに寝た様子はなかった。これは打ち合わせになかったことだ。

はやる心を抑え、丹念に部屋を調べる。バスにもトイレにも、人の姿はなかった。クローゼットの中も同様だった。永松は途方に暮れ、呆然とベッドを見下ろした。寝ているはずの女がいないとは、これはいったいどういうことだ。

そのとき唐突に、階段に取り付けられたリフトのことを思い出した。あのリフトは、階段の下に下りていた。それはつまり、由利が階下にいるということではないか。

永松は部屋を出ると、急いで廊下をもどった。角を曲がり、階段に向かおうとして、ふと立ち止まる。とっきの部屋は、確か崎山の書斎だったはずだ。永松は振り向き、ためらった。筋書きと違うじゃないか、と一言崎山に文句を言ってやりたくなる。

よく見ると、書斎のドアが一センチほどあいている。明かりは漏れていない。なんとなくいやな予感がして、永松はそっと唾を飲んだ。にじみ出た汗で、ストッキングが顔に張りつく。急に息苦しさを覚えた。

永松は糸で手繰《たぐ》り寄せられるように、ドアに向かった。そっと羽目板を押す。

廊下の明かりが、静かに書斎に流れ込んだ。

12

美那子は必死にペダルをこいだ。

自転車はまるで砂袋でも引きずっているように重い。心臓がふくれ上がり、足は今にもちぎれそうだった。

深夜とはいえ、三鷹市を東西に横切る道路は、まだかなり車が流れている。しかし空車のタクシーは一台も見当たらない。とっさに自転車に飛び乗ったのは、やはり正解だった。アパートから崎山の屋敷まで、二十分か二十五分あれば確実に行ける。

陽介はいったい、なんということをしてくれたのだろう。よりによって泥棒の真似をするとは、正気の沙汰《さた》とも思えない。それも美那子の雇い主、崎山荘一郎に頼まれて、崎山自身の屋敷を荒らすというのだ。手紙を読んだときは、自分の目が信じられなかった。つい三十分ほど前、美那子は眠れぬままにテレビの深夜番組を見ていた。あのときもしトースターの蓋をあけなかったら、美那子は朝までその手紙に気づかずにいただろう。あれはきっと虫が知らせたに違いない。なぜなら、夜中に空腹を感じてパンを焼こうとしたことなど、これまで一度もなかったのだから。

十字路に差しかかった美那子は、もう少しで左手から来た車の前に突っ込みそうになり、急ブレーキをかけた。額に剃《そ》りをいれた若い男が、罵声《ばせい》を浴びせる。

美那子はそれに取り合わず、ハンドルを握り直してまたペダルをこぎ始めた。あと十分たらずで崎山の家に着くはずだ。もう間に合わないかもしれないが、とにかく行かなければならない。

美那子が心配しているのは、陽介が泥棒にはいることではなかった。実はもっと気がかりなことがあった。それは、その計画を陽介に持ちかけた崎山の真意が、まったく別のところにあるのではないかという疑問だった。思い過ごしかもしれないし、またそうであってほしいと願うが、とにかく手紙を読んで直感したのはそのことだった。

由利を脅かすだけのために、泥棒役を演じてほしいなどという話を、額面どおりに受け取ってよいものだろうか。屋敷を処分させるためなら、ほかにいくらでも手段があるはずだ。

崎山はやはり、何か別のことをたくらんでいる。そうとしか思えなかった。

崎山が由利の顔にビニール袋をかぶせ、両手でしっかりと押さえつけていた姿が、目の裏に焼きついている。友野医師はそれを、過換気症に対する正しい処置だと言ったが、崎山がそれにかこつけて由利を窒息死させるつもりはなかったと、だれに断言できるだろうか。

今日家政婦の内山すゑは、休みを与えられて実家へ帰っている。美那子はまた、すゑに代わって泊まるつもりだった。ところが夕方になって崎山に、今夜は泊まらなくてよいと言われた。由利が紙に、美那子を帰らせていいと、そう書いて崎山に見せたと言うのだ。

今思えば、あれは美那子を屋敷から遠ざける口実だったのではないか、という気がしてくる。実際そう書いたのかどうか、やはり直接由利に意向を確かめるべきだった。夫と二人きりにしないでほしいと、あれほど言っていたのだから。

もし由利に万一のことがあれば、係累のいない彼女の遺産は、全部養子の崎山のものになる。崎山が、口もきけず立つこともできない由利に、愛想をつかしたとしても不思議はない。悪い考えを起こす素地は十分にある。だからこそ崎山は、ひそかに陽介のことを調べ、美那子に知られぬように接近して、妙な頼みごとをしたのではないか。

いくら陽介がお人好しでも、泥棒の真似をしろと言われて、不審に思わないはずがない。子供のころから根気というものがなく、同棲を始めて以来美那子に苦労をかけどおしだった陽介だが、ここしばらくはキャバレー勤めが板について、比較的安定した生活を送っていたのだ。それを棒に振りかねない、こんなばかげたことに手を貸すとは、考えたくもなかった。

それとも、手紙には書いてないが、陽介の側に何か、崎山の誘いを断れないような事情があったのだろうか。陽介には秘密主義の部分があり、そのことも気になった。

吹き出した汗が目にはいるので、ペダルを踏みながらひっきりなしに額をふかなければならない。カーディガンの袖口がすっかり濡れてしまった。

いつも下りるバス停を過ぎ、道路を左に曲がる。あと少しだ。ともすればなえそうになる足を励まし、美那子は一心にペダルを踏み続けた。崎山が何をするつもりなのか、おぼろげながら見当がつくような気がしたが、それを考えるのが恐ろしかった。

ようやく屋敷の前にたどり着いた。美那子は自転車を乗り捨て、門に駆け寄った。錠が下りている。しまった、と唇を噛む。預かった鍵を持って来るのを、忘れてしまった。

そうするうちにも疑惑はますますふくれ上がり、今や美那子の体を内部から吹き飛ばそうとしていた。

美那子は鉄柵を仰いだ。月明かりに、鋭くとがった穂先の列が見える。恐怖で背筋がぞくりとした。しかし躊躇しているときではない。床に倒れた由利のそばに呆然と立ち尽くす、陽介の姿が目に浮かんでくる。いけない、これは間違いなく罠《わな》だ。なんとしても助けなければならない。そうでなければ、幼なじみというだけで、子供を産めない体のわたしと結婚してくれた夫に、申し訳が立たない。

美那子は無我夢中で鉄柵に飛びついた。ざらざらする錆が、手の平に食い込む。死に物狂いで天辺《てっぺん》までよじ上ると、とがった穂先が目の前に迫った。思わず顔をそむける。汗で手がすべりそうだった。横棒に足をかけ、慎重に穂先をまたぐ。もう少しのところで、スカートの裾《すそ》が先端に引っかかり、美那子はバランスを崩した。

はっとしたときには、体がつんのめっていた。五十キロの体重を支えきれず、美那子はそのまま思い切って飛び下りた。スカートが裂ける音がして、美那子はしたたかに地面に叩きつけられた。痛さに息が詰まる。

よろめきながら立ち上がった。幸い手足をくじいた様子はない。休む間もなく、建物に向かって駆け出す。あたりは死んだように静まり返っていた。

息せききってポーチへ駆け上がり、ドアに取りすがった。万一と思ったが、やはり鍵がかかっている。必死でブザーを押した。押しながらもう一方の手で、ドアを激しく叩く。中で何が行なわれているにせよ、とにかくだれかが外に駆けつけたことを知らせてやるのだ。

だれも出て来なかった。美那子はドアをあきらめ、ポーチから下りた。足をもつれさせながら、建物に沿って庭の方へ回る。芝生を斜めに横切り、テラスに駆け上がった。

そのとき、左端のガラス戸が、わずかに開いているのに気づいた。

美那子は夫の名を呼び、ガラス戸に向かって突進した。

13

永松はめまいを感じ、ドアの枠に摑まった。急激に口の中が渇く。

部屋の中央に、男が仰向けに倒れていた。首にネクタイのようなものが巻きついている。目をかっと見開き、舌を吐き出した顔が、斜めにドアの方を向いていた。今まで死体を見たことはないが、その男が死んでいることは本能的に分かった。

歯を食い縛ろうとしたが、歯の根が合わない。崎山だ。眼鏡はどこかに吹き飛んでいるが、その死体が崎山荘一郎であることは、そばに行かなくともすぐに分かった。

震える手でドアをしめる。

崎山はだれかに絞め殺されたのだ。

犯人はおれではない——。しかし、この深夜に広い屋敷の中で、死体と二人きりでいることが何を意味するか、永松には十分すぎるほど分かっていた。

突然パニックに襲われ、廊下を転がるように走り出した。階段を三段飛びに駆け下りる。恐怖のあまり前後の見境がつかなくなっていた。玄関ホールを回り、のめるようにサロンに飛び込む。ガラス戸に向かおうとして、永松ははっと立ちすくんだ。

いつの間にか、サロンの明かりがついている。

驚いてあたりを見回した永松の目に、一瞬人の姿が映ったような気がした。次の瞬間、永松は胸に強い衝撃を受け、よろめいた。同時に苦痛が体を貫く。天井のシャンデリアがぐるぐる回った。

永松は体を支えようとして、二、三歩踏み出した。少し離れた所にテーブルが見える。そこまで行こうと思った。しかし足がついて行かない。テーブルがひどく遠く感じられる。不意に膝が折れ、四つん這《ば》いになった。何が起こったのか分からない。

肘と膝を使い、ようやくテーブルの下にもぐり込んだ。目の前が暗くなり、横ざまに床に倒れる。そのとき初めて永松は、自分の胸に生じた異常を意識した。床に投げ出された左腕を引き寄せ、胸を探る。

永松は顔をゆがめた。心臓のあたりに、細い小枝のようなものが突き立っていた。それが胸をえぐり、体に苦痛を与えているのだ。生暖かいものが、手を伝わって流れ落ちる。血だ。血が流れている。

どこか遠くで女の声がする。何を言っているのだろう。よく聞こえない。苦しい。体が引き裂かれそうだ。

声が言う。――あなたは強盗よ。(いや、違う、おれは強盗じゃない)――あなたは強盗にはいって夫を殺したのよ。(違う、おれじゃない、おれがやったんじゃない)――わたしは身を守るためにあなたを殺すんだわ。(そんなばかな、おれは何もしていないぞ)

永松は床をかきむしり、立とうとした。しかしもう腕がいうことをきかなかった。ちくしょう、罠にかかった。何がどうなったのか分からないが、とにかくはめられてしまった。崎山が何をたくらんでいたにせよ、あの男も思惑がはずれたのだ。おれより一足先に、片づけられてしまったのだから。

薄れていく意識の中で、永松はブザーの音を聞いた。だれかが遠くでドアを叩いている。たちまちあたりが暗黒に包まれた。明かりが消えたのだろうか。それともおれの目が見えなくなったのだろうか。

「許してくれ――」

永松は自分にしか聞こえない声でつぶやいた。自分が美那子に値しない夫だったことを、今さらのように思い知る。しかしもはやその償いをすることはできなかった。

かすかに妻が自分を呼ぶ声を聞いたような気がしたが、そのときには永松の命は最後の炎を燃やし尽くしてしまった。

14

サロンは真っ暗だった。

玄関ホールにつながるドアが、わずかに開いているらしく、細い光の筋が見える。

美那子はカーテンに沿って進み、手探りでドアに向かった。沼の底を歩いているような錯覚に捉われる。もう一度夫の名を呼ぼうとしたが、喉がこわばって声が出なかった。

ドアをすり抜けてホールへ出る。階段を上ろうとして、車椅子のリフトが下りていることに気づいた。ちょっとためらう。しかしすぐに思い直して、二階に向かった。とにかく由利の部屋を確かめなければならない。

崎山の書斎のドアはしまっていた。その前を駆け抜け、廊下を奥へ向かう。

由利の部屋はもぬけの殻だった。ベッドは乱れておらず、争った様子もない。リフトの位置からして、やはり由利は下にいるらしい。

美那子は部屋を出て、廊下を駆けもどった。とっつきの書斎まで来ると、急に胸騒ぎがして足を止めた。陽介はどこにいるのだろう。それに崎山が姿を見せないのもおかしい。

美那子は勇を奮って、書斎のドアを押した。

思わず声を上げる。部屋の中央に、人が倒れていた。棒立ちになったまま、それを見下ろす。首に巻きついたネクタイ。飛び出した目。ふくれた舌。恐怖に体がすくんだ。

次の瞬間、美那子はくるりと身をひるがえした。階段をまっしぐらに玄関ホールへ駆け下りた。サロンに電話がある。すぐに警察に電話しなければならない。

サロンにはいり、右手の壁を探ってスイッチを上げた。シャンデリアがつき、サロンが明るくなる。

書棚の端に電話台が見えた。急いでそばへ行き、受話器に飛びつく。

そのとき、サロンの奥で人影が動いた。

美那子は驚いて顔を上げた。

何かが空気を切り裂く、鋭い音がした。耳の上を熱線のようなものが走り抜ける。すぐそばの壁に、何かがぶつかった。

ひやりとして頭を巡らす。

軽合金の鈍く光る矢が、そこに深ぶかと突き立っていた。まだ矢羽が細かく震えている。

美那子は受話器を取り落とし、壁に体を張りつかせた。手足がいうことをきかず、全身が総毛立つ。

奥の来客用寝室につながるドアのそばに、もう一カ所照明のスイッチがある。そこに由利が立っていた。

　由利の手には例のアーチェリーがあった。鋭い矢の先が、まっすぐ美那子の胸を狙っている。

「今度電話にさわったら、心臓を射抜くわよ。わたしの腕は知ってるでしょ」

　美那子は目と耳を疑った。由利が自分の足で立ち、そしてしゃべっている。催眠状態でしか立てず、しゃべれないはずの由利が、まともに立って、しかもよく通る声でしゃべったのだ。その姿は、あの乳房が片方しかないアマゾネスの女王、ペンテジレアのようだった。

　美那子はとっさに、由利の病気がとうの昔に治っていたのだということを悟った。由利は何かの目的があって、周囲の人間をあざむいていたのだと直感する。

　由利は目をぎらぎらさせ、ぞっとするような笑いを浮かべた。

「やっと気がついたようね。そうよ、わたしはもう一年以上も前に治っていたわ。和彦さんのおかげでね」

　和彦さん。友野和彦。友野医師のことだ。愕然《がくぜん》として唇を噛む。

　美那子が観念したと見たのか、由利は弓を緩め、矢先を少し下げた。

　なおも勝ち誇るように言葉を継ぐ。

「OB会のあとでわたしが発病したのは、何が原因だったと思うの。その席で和彦さんに再会したからだわ。しかも、彼はまだ独身だった。昔あれだけ憧れていた、アキレス役の和彦さんが、なんと独身だったのよ。それが分かったとき、わたしはどれだけ自分の結婚を後悔したか、どれだけ今の境遇を呪ったことか。面白くもおかしくもない、くそまじめな学者と結婚して、これからも一生、かび臭い生活を送らなければいけないのかと思うと、それだけでへどが出そうになったわ」

由利は口元をゆがめ、文字どおり言葉を吐き出すようにしゃべり続けた。

美那子は壁に爪を立てた。

「アーーアキレス役は、木下という人じゃなかったの」

「そんな男は最初から存在しないわ。OBの和彦さんが、ずっと特別出演でアキレスを演じていたのよ。わたしの病気はね、崎山と寝たくない、もう口もききたくないという気持ちと、精神科医の和彦さんに診てほしいという気持ちが、重なって出てきたものだそうだわ。何回めかの分析で、それを和彦さんに指摘されたとき、わたしの病気はほとんど治ったようなものだった」

「どうして治ったことを黙っていたの」

由利は軽蔑したようにせせら笑った。

「ばかね。治ったことが分かったら、和彦さんはもうこの家に来る理由がなくなるじゃないの。治らない限り、和彦さんは週に一度来て、わたしを抱いてくれる。わたしの大好きな、この家でね。崎山は大学へ行っているし、家政婦はぼけてしまって、二人のことにてんから気づいていない。わたしたちにとって、この一年は天国だった。そう、あんたが邪魔しにはいってくるまでは」

美那子はじりじりと壁を横にすさった。今にも射すくめられそうな恐怖と戦いながら、少しずつ移動する。少しずつ、少しずつ。最後の瞬間まで、意図を悟られてはならない。玄関ホールに逃げ出すことができれば、なんとかなる。ふだん車椅子にすわったきりの由利は、立つことができるとはいっても、そう楽々とは追いかけて来れないはずだ。

気をそらすために、話しかける。

「それじゃあなたは、友野先生とぐるだったのね」

「そうよ。和彦さんが崎山に化けて、あんたのだんなに近づいたのよ。だんなは、あんたから話だけは聞いたかもしれないけど、本物の崎山には会ったことがない。背を高く見せる靴をはいて、黒縁の眼鏡をかけて、パイプをふかしてみせれば、それで十分だった。なにしろ演劇部出身だからね。必要な情報は全部、その都度わたしから和彦さんに伝えたわ。あんたと崎山がどんな話をしていたかもね。それを持ち出せば、だんなをだますぐらい、なんの造作もなかったはずよ」

美那子は吐き気を感じ、動きを止めた。由利が友野を操っているのか、あるいはその逆なのか分からないが、とにかく二人は狂っている。そうとしか思えなかった。

「主人は、主人はどこにいるの。あの人に、いったい何をさせたの」

由利は髪を振り立てた。

「あんたのだんなは、うちへ強盗にはいったのよ。そしてそれに気づいた崎山と争って、とうとう殺してしまったの」

美那子は叫んだ。

「嘘だわ」

由利は声を出して笑った。

「そうよ、嘘よ。だんなが来たときには、崎山はもう死んでいたわ。だけどだれもそれを証明することはできない。わたしと和彦さん以外はね」

「主人はどうしたの」

由利は舌なめずりをした。

「あんたのだんなは、崎山だけであきたらずに、わたしまで殺そうとした。だからわたしは、やむをえずこのアーチェリーで身を守ったというわけ。正当防衛でね。どう、これ以上うまい筋書きはないと思わない」

美那子は壁にへばりついた。由利は、友野と謀って邪魔な崎山を殺し、その罪を陽介になすりつけようとしたのだ。そのような恐ろしいことを、正気の人間が考えつくものだろうか。

美那子は声を絞り出した。

「主人を――主人を殺してしまったの」

「ええ、悪いけどね。その辺に転がってるはずよ。おっと、動いちゃだめ。あんたも死にたくなかったら、そこにじっとしてるのよ」

由利はアーチェリーを構え直した。

美那子は絶望的にサロンの中を見回した。パソコンの載ったテーブルを見て、我知らず息を吸い込む。ソファの陰になってよく見えないが、テーブルの下に、だれか倒れているようだった。

由利が言った。

「もしあんたが取引に応じるなら、命だけは助けてやってもいいわよ」

美那子はテーブルの下に目を据えたまま、上の空で言った。

「取引って、どんな」

「今のあたしの話を、警察で認めるのよ。あんたのだんなは、麻雀と車荒らしが専門の、どうしようもないぐうたらだわ。これであんたも、わたしと同様ぐうたら亭主とおさらばしたことになるのよ。そう割り切るのね。あんたのめんどうはわたしが見るわ」

美那子は由利に目をもどした。ぐうたら亭主だって。大きなお世話だ。それに車荒らしとはどういう意味だろう。

いや、そんなことを気にしている場合ではない。テーブルの下に倒れているのが陽介なら、すぐに救急車を呼ばなければならない。まだ息があるかもしれない。そうであってくれと祈る。

「さあ、どうするの。だんなと同じ目にあいたいの、それとも言われたとおりにするの」

美那子は由利を睨みつけた。

「主人は崎山さんを殺していないわ」

「それがどうしたって言うのよ。だれも信じやしないわよ、それらしく死体に細工をすればね」

「あなたは書斎の死体を見たの」

由利の目をふと不安がよぎった。

「死体がないとでも言うの」

「いいえ、死体はあったわ。でも崎山さんの死体じゃなかった」

由利は目をむいた。白目があらわになる。

「な――なんですって」

美那子は言葉を投げつけた。

「書斎の死体は友野先生よ。殺されたのは、あなたの和彦さんだわ。ご主人じゃない」

由利は恐ろしい目で美那子を睨んだ。顎を突きだし、しゃがれ声で叫ぶ。

「和彦さん、出て来て。いるんなら出て来てよ。和彦さんたら」

それに答えるように、美那子の横でドアがあいた。

「あいにくだったね。友野医師は死んだよ。そしてわたしは生きているんだ」

崎山荘一郎だった。

15

由利の顔が白くなった。

幽霊にでも出会ったように、口をあけて崎山を見つめる。美那子も拳を握り締め、じっと崎山の横顔を見た。

崎山は悲しそうな口調で言った。

「きみと友野医師のことは、前から分かっていたんだ。何かたくらんでいるらしいことも、薄うす気がついていた。わたしは下世話なことにはうとい方だが、それほどうといわけではない。だから監視役というか、きみたちの動きを牽制《けんせい》する意味で、永松さんを雇ったのだ。それで少しは、慎みを取りもどしてくれればいいと思ってね。ところがそれが、どうやら逆目に出てしまったようだ」

由利の口がぱくぱくと動いた。

「あ――あの人は、あの人はどうしたの。あなたをきっと始末すると言っていたのに」

「今夜きみが、永松さんを泊めなくていいとわたしに書いて見せたとき、何かあると思った。だから寝ないで様子をうかがっていたのさ。そうしたらきみは夜中に起き出して、サロンのガラス戸の鍵を一つはずし、来客用の寝室に隠れた。万一のことを考えたのか、車椅子に乗ったままだったね。しかしそれが演技だったことは、今分かった。あれだけしゃべれるのに、人前で口をきかずにいるのは苦痛だったろうね。何はともあれ、病気が治ってよかった。おめでとう」

由利の顔が醜くゆがんだ。

「あの人はどうしたって聞いたのよ。ねえ、答えて」

「さっきこの人が言ったじゃないか、聞こえなかったのかね。友野和彦は上の書斎で死んでいるよ」

「嘘。嘘だわ」

「嘘じゃないさ。途中で様子を見に来ればよかったのに。もっとも、その時間がなかったんだろうけど」

由利は悪魔のように罵った。

「嘘つき。この大嘘つき」

崎山は溜め息をついた。

「彼はね、わたしがベッドの中に詰めておいたがらくたを、薄暗がりでてっきりわたしだと思い込んだらしい。そばへ忍び寄って、そいつを思い切り登山ナイフで刺したんだ。つまり彼には、はっきりとわたしを殺す意志があったのさ。それを見て、さすがにわたしもかっとなった。彼を取り押さえるつもりで、後ろから首にネクタイを巻きつけた。殺すつもりはなかったんだ。ところが彼は、死に物狂いで抵抗した。もしわたしが本気で絞め上げなかったら、今度こそほんとうにわたしを刺し殺しただろう。気がついてみたら、彼は死んでいた。しかたがなかったんだよ。あれは正当防衛だった」

由利の顔がまだらになった。うめくように言う。

「よくもぬけぬけと——あんたは人殺しだわ。そんな話を警察が信じるもんですか」

「書斎のベッドには、彼が刺したあとがはっきり残っている。あれを見れば、警察もぼくの立場を理解してくれるだろう。永松さんも、きみと友野の悪だくみについて、わたしに有利な証言をしてくれると信じている。もちろん無罪というわけにはいかないかもしれないがね。それにしても、わたしを殺して永松さんのご主人を犯人に仕立てようとは、きみも友野も悪知恵が働くね。人間が信じられなくなったよ」

由利の手にしたアーチェリーが、鋭い音を発した。美那子は悲鳴を上げ、身を縮めた。しかしそれはだれを狙ったのでもなかった。矢は床の上を跳ね、むなしくソファの背に突き刺さった。

由利の口から、ぞっとするようなうめき声が漏れた。弓が手を離れ、床にはずむ。上体が後ろにそり返り、どさりと車椅子の上に崩れ落ちた。大きな声で唸りながら、体を突っ張らせる。ガウンからのぞいた足が、奔馬のように空を蹴った。

崎山がびっくりしたように言った。

「いかん、発作だ。発作が起きた」

崎山は美那子のわきをすり抜け、書棚のそばへ行った。引き出しの一つから、ビニール袋を引っ張り出す。それを持って、急いで由利の方へ向かった。

美那子ははっと我に返った。陽介のことを忘れていた。転がるようにテーブルに駆け寄り、下へもぐり込む。

「陽介さん、陽介さん」

そう呼びかけ、夢中で体を揺さぶる。

そのとき陽介の胸に、矢がしっかりと食い込んでいるのに気がついた。絶望のあまり、床に拳を打ちつける。涙がどっとあふれた。

「あなた、あなた」

泣きながら夫の体に取りすがる。陽介の体はすでに冷たくなり始めていた。

どれくらい時間がたったか分からない。

ふと顔を上げると、そばに崎山が立っていた。美那子は涙に曇った目で、崎山を見上げた。崎山は途方に暮れたような顔をして、美那子を見下ろした。

美那子の目が、崎山の手にしたビニール袋を捉えた。それに気づいた崎山は、急いで袋を投げ捨てた。

口ごもりながら言う。

「どうしたんだろう。わたしはきっと動転していたんだ。そうでなければ――」

ぎょっとして美那子は体を起こした。テーブルに掴まり、ふらふらと立ち上がる。恐るおそる由利の方を見た。

由利は車椅子の上でのけぞっていた。その体は、今やぴくりともしなかった。

美那子は崎山を見た。崎山の目が、じっと美那子の目を見返す。何かを期待するような、不思議な目だった。

美那子の背筋に冷たいものがはい上がった。

崎山は静かに笑った。

「どうやらわたしは、少し長いこと袋をかぶせすぎたらしい」

悪魔の耳

1

佐竹章人が店にはいって来た。

唐沢孝一郎は手を上げて合図した。佐竹はいつものように、いかつい体に似合わぬせかせかした足取りで、そばへやって来た。

席に着くなり言う。

「なんですか、急に呼び出したりして」

唐沢は苦笑した。

「とりあえずコーヒーぐらい注文したらどうだね」

佐竹はウェートレスに、コーヒーと一言投げつけるように言い、また唐沢を見た。

「これから南荻窪《みなみおぎくぼ》署へ行かなきゃならないんです。例の若妻殺しの一件でね」

「分かってるよ、相変わらずせっかちだな。おれと組んでたころと、ちっとも変わらん」

ゆっくりたばこに火をつける。佐竹はにこりともせず、じっとそれを見ていた。

唐沢は四十代の後半で、髪が薄く、肩がかかしのようにとがっている。よれよれのワイシャツに、着古したグレイの背広姿だ。一方佐竹は、チェックのブレザーを着たがっしりした体格の男で、唐沢より一回りほど若い。唐沢も佐竹も警視庁捜査一課の部長刑事で、今は互いに別の班に所属しているが、かつては二人でコンビを組んだ仲だった。

コーヒーが来ると、佐竹は手早くミルクと砂糖を入れ、乱暴に掻《か》き回した。一口で半分くらい飲んでしまう。

唐沢は煙を吐き、なにげない口調で言った。

「芝田が病院を出たそうだ」

佐竹はコーヒーのカップを宙にとめ、唐沢を見た。目に驚きの色がある。

「芝田というと、あの芝田周吉ですか」

「ほかにいないだろうが」

佐竹はカップを乱暴にテーブルにもどした。みるみる顔が険しくなる。

「脱走したんですか」

「いや。退院したんだ」

佐竹は口をあけ、一瞬息をとめた。

「退院」

そう言ってぽかんと唐沢の顔を見返す。

唐沢は溜め息をついた。

「東久留米《ひがしくるめ》第一病院の事務局長を覚えているか。三原という名前だが」

「ええ。例の事件のときに会った男でしょう」

「昨日たまたま科警研へ行ったら、その三原にばったり会ってね。やっこさんが教えてくれたんだ、芝田が一週間ほど前に退院したことを」

佐竹はいかつい顔を紅潮させた。

「ばかな。脱走ならまだ話は分かるが、退院だなんて。どうしてそんなことになったんですか」

「院長が自分の判断で退院させたそうだ。一応完治したということらしい」

佐竹は信じられぬというふうに首を振った。吐き出すように言う。

「完治ですって。たぶんそれは、足の裏でも見て診断したんでしょうね。ばかげた話だ」

唐沢もどちらかと言えば同じ考えだったが、佐竹の反応が思ったより激しいことに少し不安を感じた。

「しかしもう五年たってるからなあ」

「芝田の病気は、五年や十年で治る性質のものじゃない。唐沢さんだって分かってるでしょう。あの男は一生入院させておく方がいいんですよ、本人のためにも、社会のためにも」

唐沢は居心地が悪くなり、冷えたコーヒーを飲んだ。

「まあ三原も、今回の院長の判断に自分がまったく関与していないことを、しきりに強調していたがね」

「当然ですよ。だれだって、犯罪者を野放しにした責任など、負いたくもないでしょうからね。ところで院長は、この件に関して都知事の許可を取ったのかな」

　唐沢はうなずいた。

「ああ、それは間違いないようだ。都知事としても、医者が治癒したと言えば、その判断を尊重するしかないだろうしな」

「まったく、なんてことだ」

　佐竹はそう吐き捨て、手の平を拳《こぶし》で叩いた。鋭い音が喫茶店に響きわたり、あたりの客が驚いて二人を見た。

　話は五年半ほど前の夏にさかのぼる。

　都下東久留米市で連続四件の、深夜営業のスーパー強盗事件が発生した。犯人は鉄パイプを持った二人組の男で、抵抗した従業員を二人殴り殺すという、凶悪な強盗殺人事件だった。

　当時コンビを組んでいた唐沢と佐竹は、三軒目のスーパーが襲われたあと、本庁から所轄《しょかつ》署へ捜査の応援に回された。そして三日後、二人が一帯を聞き込み警戒中に、すぐ近くで四件目の事件が発生したのだった。

　騒ぎを聞いて二人が店へ駆けつけると、スキー帽をかぶった二人組の男が、車に飛び乗ろうとしているのにぶつかった。とっさに唐沢は、そこにあった運搬用の台車をバンパーの下に押し込み、車の発進を妨げた。

犯人の一人が車から飛び出し、唐沢に鉄パイプを振りかざした。佐竹は躊躇《ちゅうちょ》なく拳銃を抜き、警告を発する間もなく発砲した。弾丸は胸に命中し、男はその場に倒れた。あとで分かったことだが、弾丸は心臓を貫通し、ほとんど即死だった。

仲間がやられるのを見て、もう一人の男がスキー帽をむしり取り、わめきながら車から転がり出た。気味が悪いほど耳の先のとがった男で、目つきが完全にすわっていた。男は佐竹が拳銃を構え、警告したにもかかわらず、鉄パイプで殴りかかってきた。

佐竹が引き金を引く前に、唐沢が後ろから男に自転車を投げつけた。バランスを崩した男の頭を、佐竹が拳銃の銃口で打ちのめした。倒れた男を二人がかりで押さえつけ、手錠をはめた。

逮捕されたのは、鉄工場の工員芝田周吉、三十一歳。佐竹に射殺されたのは、周吉の弟の賢吉、二十九歳。二人の従業員を殴り殺したのは、周吉の方だった。周吉はそれまでに、暴行や傷害の罪で何度か警察の厄介《やっかい》になったことがあった。

佐竹の発砲については、唐沢の命を救うためにやむをえない行為であったと判断され、緊急避難が認められた。もし佐竹が撃たなかったら、唐沢は間違いなく賢吉の鉄パイプで頭をかち割られていただろう。

佐竹は周囲の視線が散るのを待ち、低い声で言った。

「留置場にぶち込んだとき、やつが言った言葉を覚えてますか」

唐沢は腕を組んだ。

「ああ。もし娑婆《しゃば》にもどったら、かならず弟のかたきをとると言った。おまえたちが一番大切にしている人間を、きっとぶち殺してやると、そんなことをわめいていた」

佐竹も腕を組んだ。

「芝田は精神分裂病で、他人に対してだれかれ構わず敵意を抱いていました。ところが弟の賢吉だけには例外でした。異常なほど愛情を注いでいて、弟の言うことならなんでも聞いた。弟はそこに付け込んだんです。芝田の凶暴な性格をうまく利用して、前からいろいろと悪事を働いていた。あの事件についても芝田は弟に、スーパーに悪魔がいるから一緒に退治しに行こうと誘われて、なんの疑いもなく鉄パイプを持ってついて行った」

唐沢はうなずいた。

「そうだったな。芝田はただ利用されただけなのに、弟に面倒をみてもらっていると思い込んでいた。その大切な弟を殺されたものだから、やつは完全に頭にきたわけだ」

国選の弁護士は、初公判で芝田周吉の精神鑑定を請求した。裁判所はそれを認め、芝田は在監のまま専門医の精神鑑定を受けた。その結果芝田は、重度の精神分裂病と鑑定された。鑑定医は公判で、芝田の責任能力を否定する証言をした。

裁判所はその鑑定を採用し、心神喪失を理由に芝田に無罪を言い渡した。検察側の控訴は棄却され、芝田は刑務所行きを免れた。しかし検察官の通報を受けた都知事の命令で、精神分裂病治療のため精神病院に措置入院させられることに決まった。

それが五年前のことである。

唐沢はまた溜め息をつき、水を飲んだ。

「まあ医者が治ったと判断したんだから、心配することはないだろう。やつだって、五年も六年も前に言ったことを、いつまでも覚えているわけがないさ」

佐竹は首を振った。

「いや、やつは忘れていない。わっぱをかけたときにわたしを睨《にら》んだ目つき、あの目に込められた憎しみはそう簡単に消えるようなものじゃない。今でもたまに夢を見て、うなされることがあるくらいです。やつはきっとやりますよ」

「やるって、何を」

「言葉どおりに、わたしたちの一番大切にしている人間を、殺そうとするでしょう」

唐沢はそわそわと足を組み替えた。短くなったたばこを揉《も》み消す。

「どういう意味だ、一番大切にしている人間って」

「分かりません。判断するのはやつだから」

唐沢の顔をちらりと不安がよぎった。

「芝田がおれの娘に、手を出すとでも言うのか」

唐沢は妻を早くなくし、二十歳になる一人娘のかすみを溺愛《できあい》していた。それは捜査一課ではだれでも知っていることだった。

「もしやつが娘さんのことを知れば、きっとやるでしょう」

唐沢は笑い出した。力のない笑いであることは、自分でも分かっていた。

「おいおい、あまりおどかさないでくれよ。医者だっていいかげんな診断で退院させるわけじゃないだろう。あんたはだいたい、物事を深刻に受け止めすぎるんだ」

佐竹はじっと唐沢の顔を見た。

「話さなかったかもしれませんが、わたしの弟は中学生のとき、精神分裂病の男に刺し殺されました。それも、治ったと診断されて、退院して来たばかりの男にね。楽観は禁物ですよ」

唐沢は顔がこわばるのを感じた。額に浮いた汗を、指でこすり落とす。あまり気は進まなかったが、こうなると黙っていられなくなった。

「それと関係あるかどうか分からないが、実は少々気になることがあるんだ。ゆうべうちへ帰ると、いたずら電話があったと言うんだよ、娘が」

「いたずら電話」

「うん。夜七時から九時の間に三度かかったそうだ。娘が出ると、何も言わずに切るらしい。息遣いだけ聞こえたと言っていた」

佐竹のこめかみにも汗が浮き出た。しゃがれた声で言う。

「それはいたずら電話じゃない。芝田ですよ。やつが様子をうかがってるんです。首を賭けてもいい」

唐沢は無言で佐竹の顔を見つめ、喉仏《のどぼとけ》を動かした。

佐竹はテーブルに肘《ひじ》をついて乗り出した。

「唐沢さん、わたしは二、三日うちに東久留米第一病院へ行ってみる。付き合ってくれませんか」

唐沢は無意識に体をひいた。

「おいおい、本気なのか。若妻殺しで忙しいんだろう」

「なんとか時間をやり繰りします。院長をつかまえて、いったいどういう了見なのか、こってりと油を絞ってやろうじゃないですか」

＊

男は明るいショーウィンドーに目を留めた。

小さな間口の洋品店だった。

深夜だというのに、まだ営業している。盛り場のど真ん中という場所柄、プレゼントを買う酔客やホステスがいて、けっこう商売になるのかもしれない。

男は耳を押さえた。

耳がむき出しだと、どうも落ち着かない。それにだいぶ寒さが厳しくなってきた。ちょうどいい、ここで買い物をして行こう。

店にはいり、ショーケースの中をのぞき込む。お揃いの毛糸で編んだ、帽子とマフラーがある。ざっくりした編み目の、いかにも暖かそうな組み合わせだ。帽子をかぶり、マフラーを首に巻けば、耳まですっぽりおおい隠すことができるだろう。

よし、これに決めた。

男は体を起こし、店員に合図した。

2

東久留米第一病院の院長武部顕三は、皮膚に染みの浮き出た、七十近い老人だった。小柄で華奢《きやしや》な体の上に、ふさふさした白髪の大きな頭が載《の》っている。

武部は白衣のポケットに両手を入れ、不機嫌そうに二人を見比べた。

「わたしの下した診断について、あなたがたから説明を求められる筋合いはないように思いますがね。わたしは法律にのっとった手続きで芝田周吉を退院させたのです。都知事の許可も取ってあるし、警視庁には都から連絡がいっているはずです」

唐沢が何か言うより先に、佐竹が口を開いた。

「かりに連絡があったとしても、わたしたちは聞いていません」

武部は軽く肩をすくめた。

「それはそちらの問題であって、こちらの問題ではありませんな」

「どちらにしても、今日わたしたちがうかがったのは、手続きがちゃんとしているかどうかを調べるためではない。おっしゃるとおり、たぶん手続きに遺漏はなかったでしょうからね」

「それを認めていただけるなら、いったいどこに問題があるとおっしゃるのですか」

武部はさも分からぬというように、わざとらしく首を捻《ひね》った。

唐沢は咳《せき》払いをして言った。

「わたしたちが知りたいのは、芝田がほんとうに退院可能なほど、病状が回復していたのかどうかということなんです」

「もちろんですよ。芝田は完治しました。だからこそ退院させたのです」

疑問の余地はないという口調で、武部はきっぱりと言い切った。

佐竹が露骨に口をゆがめた。

「完治ねえ。わずか十日の間に、二人の男を鉄パイプで殴り殺した男が、たった五年で完治ですか。もしそれが事実なら、芝田は考えていたほど重度の精神分裂病ではなかったことになりませんかね。つまり、鑑定で責任能力を否定されるほどひどくはなかった、ということに」

武部は眉をひそめた。

「鑑定をしたのはわたしではないが、かりにわたしだったとしても結論は同じだったでしょう。ここへ入院して来た時点では、芝田はとうてい社会復帰できそうもないほど、ひどい状態でしたからね」

佐竹は薄笑いを浮かべた。

「するとよほど先生の腕がよかったんですね。たった五年で完治したところをみると」

あからさまな皮肉に、唐沢はひやりとした。案の定武部の顔色が変わった。

「たった五年というが、精神科の治療効果には個人差があります。五年だから短いとか、十年だから長いとか、いちがいにはいえないのですよ」

「いったいどんな治療を施せば、そんなに劇的な効果を上げることができるんですか。むちを振るって悪魔を叩き出すんですか」

唐沢ははらはらして佐竹を見た。目でたしなめようとしたが、佐竹は唐沢を見ようともしなかった。

武部は一度唇を結び、固い声で言った。

「患者に関するデータはいっさい公表できません。かりに裁判所の命令があっても、わたしたちには拒否する権利がある。これは人権問題ですからな」

「しかしただ完治した、だけではわけが分からない」

「どうしてですか。これ以上明快な話はないでしょう。完治したから完治したと申しあげているんです」

「そもそも完治とはどういうことですか。もう二度と鉄パイプで人を殴り殺したりしないという意味ですか」

武部はむっとして体を起こしかけたが、かろうじて自分を抑えた。

しぶしぶ口を開く。

「芝田の症状は、弟の賢吉の存在にかなり左右されていました。その弟が死んだことで、芝田はかつてないほどの強いショックを受けていたのです。そこでわたしたちは、まず芝田の心の中にある、弟への依存心を取り除くことから始めました。芝田に弟の死という現実を受け入れさせること、その一点に絞って治療を行なったわけです。詳しい過程は申し上げられないが、わたしたちの狙いが間違っていなかったことは、結果が物語っています。芝田は弟の影響下から抜け出るとともに、しだいに快方に向かいました。作業療法によって著しい症状の改善が見られ、ほぼ四年で芝田はみごとに立ち直ったのです。今では社会生活を送るのに、なんの支障もないと請け合います」

武部は自分の言葉を保証するように、二度うなずいてみせた。

しかし佐竹は固い表情を崩さなかった。

「芝田は凶暴なだけでなく、恐ろしいほど狡猾《こうかつ》な男でした。自分の本心を隠して、治療効果が上がったように見せかけるくらい、やりかねない男です」

武部はあきれたように首を振った。わざと唐沢に目を向けて言う。

「いったいどういうおつもりですか。わたしたち専門家が、あらゆる手段を尽くして行なった治療結果を、あなたがたは信用できないとおっしゃるんですか」

唐沢はハンカチを出して汗をふいた。

「いや、そういうわけじゃありません。しかし事件が事件だけに、芝田の退院については慎重の上にも慎重を期していただきたかったと、そう申し上げてるんです」

「そんなことは言われなくても分かっています。さっきお話ししたとおり、芝田の場合ほぼ四年で退院可能なまでに回復しましたが、そのあとついこの間まで、丸一年間様子を見て念を入れたわけです。わたしたちとしても、一般の社会生活を送るのに差し障りがない程度に回復した患者を、いつまでも入院させておくわけにはいかない。それこそ人権問題になりますからね。あなたがたがどうしてそこまで神経質になるのか、理解に苦しみます。この病気に対する誤解というか、悪くいえば偏見としか思えませんな」

唐沢は佐竹をちらりと見た。

「実は佐竹君は昔、退院したばかりの精神分裂病の男に、中学生の弟を刺し殺された経験があるんです。それで心配しているようなわけでね」

武部は瞬《また》きして佐竹を見直した。

「それはお気の毒でした。過去においては確かに、そうした不幸な出来事もありました。しかし最近の精神医学では──」

佐竹がそれをさえぎった。

「過去においてはですって。冗談はやめてください。いまだに同じような事件が繰り返されていることは、先生もよくご存じでしょう。深川の通り魔事件、新宿駅のバス放火事件、数え上げれば枚挙にいとまがないほどだ」

武部はぐっと詰まり、口をへの字に結んだ。

佐竹が畳みかける。

「精神障害の犯罪者は、普通の犯罪者に比べてかなり再犯率が高い。彼らの四十パーセントがふたたび、同じ犯罪を犯すというデータもあります。確かに彼らの人権にも配慮は必要でしょう。だがそのために、被害者の人権が踏みにじられていいというものではない」

武部の顔が紅潮した。

「わたしはただ、精神科の専門医としての義務を果たしているだけです。ここであなたがたと人権について論議するつもりはない」

「芝田を退院させたのは、単にベッドが満員になったからじゃないんですか」

佐竹が追い討ちをかけると、武部は憤然としてソファを立った。

「いいかげんにしていただきたい。うちの病院には優秀なスタッフが揃っているし、何よりもわたしは自分自身の判断を信じている。伊達《だて》や酔狂でこの仕事をしているわけではありません」

唐沢は急いで立ち上がり、武部をなだめにかかった。

「先生、勘弁してやってください。佐竹君はこの問題になると頭が熱くなるんでね。何もわたしたちは、先生の診断に文句をつけるつもりはないんです」

「それはありがたいですな」

武部はぶっきらぼうに言い、自分のデスクにもどった。どしんとことさら音を立てて椅子に腰を下ろす。

唐沢と佐竹は、来客用のソファに取り残された。唐沢は仕方なく帰り支度を始めた。

佐竹がなおも食い下がる。

「先生、一つだけ教えてください。今芝田はどこにいるんですか」

武部は顎《あご》を突き出した。

「それをお教えする義務はありませんな」

佐竹は目を光らせ、じっと武部を見つめた。

「よく考えてください。恐ろしい殺人者が野放しになっているかもしれないんですよ。万が一のときに、どう責任を取るつもりですか」

武部はちょっとためらったが、あまり気の進まない口調で答えた。

「身元引き受け人は、母親でしたよ」

さらに問いつめようとする佐竹を、唐沢は押しとどめた。武部に礼を言って院長室を出る。

佐竹があとを追って来た。二人は並んで廊下をエレベーターホールに向かった。

「どうしてあっさり引き下がるんですか。もう少し締め上げれば、芝田の居所を聞き出せたかもしれないのに」

「おいおい、あの院長は容疑者じゃないんだぞ。ゴムホースでぶちのめすわけにはいかないんだ」

エレベーターに乗る。二人だけだった。

佐竹は腕時計を見た。

「芝田の母親の家は、確かこの先の所沢《ところざわ》でしたね」

「これから回るつもりか」

「そうしたいけど、南荻窪署へもどらなきゃならない。唐沢さんは」

唐沢も腕時計に目をやった。

「おれも今からだとむずかしいな。ここんとこ毎日、勤め先まで娘を迎えに行ってるんでね」

佐竹は驚いたように唐沢を見た。

「一緒に帰るようにしてるんですか」

唐沢は急に気恥ずかしさを感じて、こめかみを掻いた。

「ああ。きみの話を聞いて、だんだん心配になってきたもんだから。親ばかに見えるかもしれんが、手が空いている限りしばらく続けようと思ってる。もちろん娘には何も言ってない。心配させたくないからな。いくらなんでも用心しすぎだと思うかね」

佐竹は急いで首を振った。

「いや、それでいいんです。いくら用心しても、しすぎるということはない。とくにお嬢さんの帰りが遅くなるときは、かならず迎えに行かなけりゃいけませんよ」

唐沢は佐竹の肩を叩いた。

「芝田の実家は、明日にでもおれが行ってみる。また連絡するよ」

二人はエレベーターを下りて、出口に向かった。

男は寒さに思わず足踏みした。

毛糸の帽子を耳の下まで引き下ろし、マフラーを鼻の上まで巻きつけている。これならだれかに見られても、顔を覚えられる心配はない。

おれは気が狂っている、と男は思った。ただおれがほかの狂人と違うところは、自分が正常でないことをよく承知している点だ。自分の狂気を知っている狂人は、もしかすると正常な人間よりも正気といえるかもしれない。それを考えるとおかしかった。

おれが少しばかり殊勝に振舞っただけで、医者はもう治ったと判断して、都知事に退院の許可を申請した。そして都知事は、ろくに調べもせずにその申請を認めた。

まったくばかなやつらだ。いずれ連中はそれを後悔することになるだろう。いや、かならず後悔させてやる。

男はがっしりした体に似合わぬ素早さで、電柱の陰に身を引いた。静かな住宅街のはずれに、二つの人影が現れた。

男と女の二人連れだった。中年の男と、白いオーバーを着た若い女だ。

二人は少し離れた小さな家にはいって行った。はいり際に、中年の男がそれとなく周囲に目を配るのが見えた。

毛糸帽の男は闇の中で含み笑いをした。やつはどうやら、おれが退院したことを知っているらしい。それであんなふうに警戒しているのだ。

しかしいつまでも、毎日娘を迎えに行って、一緒に帰るという日課を続けるわけにはいくまい。何か事件が発生すれば、やつは仕事に追われて娘に付き添うことができなくなる。そうなれば、娘を狙う機会はいくらでも出てくる。そのときこそやつに、たっぷりと煮え湯を飲ませてやるのだ。

もう少しの辛抱だ、と男は自分に言い聞かせた。

3

唐沢は国電の荻窪駅から南荻窪署へ電話した。

十五分後に佐竹がやって来た。若妻殺しはすでに犯人がつかまり、あとは事務処理を残すだけになっていた。

佐竹が酒を飲んでも大丈夫だというので、二人は駅前の一杯飲み屋にはいった。隅の方に席を取る。

酒を頼むと、佐竹は待ち切れぬように唐沢の顔をのぞき込んだ。

「芝田の居所が分かりましたか」

「いや、まだ分からん」

佐竹の顔にありありと失望の色が浮かんだ。顎の不精髭《ぶしょうひげ》をこすって言う。

「母親の家へ行って来たんでしょう、所沢の」

「ああ。あの母親も昼間働いていてね、なかなかつかまらなかったんだ。ゆうべようやく会って話を聞いた」

「なんと言ってましたか」

そのとき酒が来た。最初の一杯だけ酌をし合う。

佐竹はぐいと酒をあおり、先を促すように唐沢を見た。

「退院するとき、母親は病院へ芝田を迎えに行って、自宅へ連れて帰ったそうだ。ところが芝田は一晩泊まっただけで、翌日十万ほど金を持って家を飛び出したというんだ。それっきり帰っていないらしい」

それを聞くと、佐竹は無言で手酌をし、一息にあおった。その仕種にいらだちがこもっていた。

「母親が嘘をついている可能性もありますね」

唐沢は塩辛をつついた。

「可能性はあるが、そのようには見えなかったよ。念のため近所で聞き込みをしてみたが、退院した日以外に芝田の姿を見た者はいなかった」

「すると今日現在、やつの足取りは不明というわけですか」

「そういうことになるな」

「くそ、思ったとおりだ。やつはおれたちにしっぽを摑《つか》まれないように、どこかへ潜り込んだに違いない」

佐竹は怒ったように酒を口にほうり込んだ。

唐沢は佐竹のひきつった頰を見て、落ち着かぬものを感じた。気持ちは分かるが、この男はあまりに感情に走りすぎるきらいがある。昔からそうだった。

とはいいながら自分も今では、佐竹の憂慮を単なる思いすごしと片づけられない気分になっていた。

唐沢はしばらく考えていたが、やがて佐竹の方を向き、思い切って言った。

「実はこの二、三日、おれの家の近くを妙な男がうろついているらしいんだ。近所の酒屋の御用聞きが見たと言うんだがね」

佐竹は眉を上げ、唐沢を見た。

「どんな男ですか」

「がっちりした体格の男で、青い毛糸の帽子にマフラーをしていたそうだ」

佐竹は膝を乗り出した。

「御用聞きは、耳のことを言ってませんでしたか。覚えてるでしょう、やつの耳は先が奇妙な形にとがっている。まるで悪魔の耳みたいにね。一度見たらかならず記憶に残るはずだ」

唐沢はうなずいた。

「それはおれも尋ねてみた。しかしその男は、帽子とマフラーで完全武装していて、耳どころか鼻の頭も見えなかったというんだ」

　佐竹は割り箸をへし折った。

「芝田だ、芝田に違いない。やつは体格がいいし、耳を見られるのが命取りになることもよく承知している。やつに間違いありませんよ」

　唐沢は盃をなめ、憂鬱な気持ちを隠さずに言った。

「おれは実のところ、今回の件に関してはきみの考えすぎだと思っていた。正直言って、娘を迎えに行ったりしながら、どこかばからしいような感じがしていたんだ。しかしこうなると、なんだかきみの読みが当たってるような気がしてきたよ」

「まあ、やつの弟を撃ち殺したのはわたしだから、唐沢さんの方はそれほど心配することはないかもしれない。しかしお嬢さんも年頃だし、気をつけるにこしたことはない。いつ襲われるかしれませんからね」

「おれも今は比較的暇だからいいが、いつまでも娘のお守《も》りをしているわけにはいかん。手を出さないうちにやつをつかまえて、妙な真似をしないように言い含める必要がある」

「それでやつが、はいそうですかと言うことを聞くなら、何も苦労はありませんがね。とにかく夜の夜中に、お嬢さんを家に一人で置いておくようなことは、当分の間避けた方がいい。しばらく友だちの家にでも預けたらどうですか。そのうちにやつの出方も分かるだろうし」

「考えてみるよ」

　唐沢は佐竹の盃に酒を注ぎ、続けて言った。

「それよりそっちはどうなんだ。確かに、直接芝田の弟を手にかけたのは、きみだからな。やつにすれば、おれに対するより恨みが深いだろう。やつが狙うとすれば、きみの場合やはり奥さんかね」

佐竹は戸惑ったように体を引いた。

「まあ、わたしは子供がいないから、女房ということになりますかね」

「最近奥さんの身辺に、変わったことはないのか」

佐竹はちょっとためらった。目を伏せ、低い声で言う。

「実はうちにも、妙な電話がかかってきたらしいんですよ。女房が出ると、何も言わずに切るんだそうです。これまでに四回、いずれも夜の七時から九時の間だと言っていた」

唐沢は顎をなでた。憮然《ぶぜん》として言う。

「きみのとこにもか。となるとやはり、単なるいたずら電話じゃないな。芝田のしわざと考えていいだろう。きみの言ったとおり、やつもこっちの様子をうかがってるんだ」

長い沈黙のあと、佐竹が言った。

「一応課長に報告しますか」

唐沢は少し考え、それから首を振った。

「やめておこう。今の段階で、確証もないのに騒ぎ立てるわけにはいかん。しばらくおれたちだけで様子をみようじゃないか」

佐竹は肩をすくめ、酒を飲み干した。顔色が青く、目が何かにつかれたように光っていた。

＊

表でタクシーの停まる音がした。

佐竹佳那子は玄関へ出て、夫を出迎えた。

家は埼玉県との県境に近い、練馬区のはずれにあった。周囲を畑に囲まれた、静かだが不便な場所だった。駅からのバスは夜十時過ぎになくなり、歩くと一時間近くかかる。タクシーで帰るほかないのだ。

佐竹が着替えている間に、佳那子は無言で酒の用意をした。必要なこと以外、口をきかなくなってから何カ月にもなる。

最初の一杯を飲むと、佐竹は唐突に言った。

「今度の日曜日、久しぶりに映画でも見に行かないか」

佳那子は驚いて佐竹を見た。まったく予期しない言葉だった。

「映画ですって」

「映画でも芝居でもいいさ。それから酒を飲んで、食事をする。しばらく二人で外へ出てないから、いい気晴らしになるんじゃないか」

佳那子はめったに笑わぬ顔に、薄笑いを浮かべた。

「急にどうしたのよ。気持ち悪いわ」

佐竹はうんざりしたように眉をしかめた。

「たまに亭主が誘ったときぐらい、素直にはいと言ったらどうだ。夫婦で出かけるのが、そんなに不思議か」

佳那子は佐竹の盃に酒を注いだ。猜疑心《さいぎしん》がむらむらと頭をもたげてくる。

「素直な気持ちになれという方が無理よ。ついこの間まで、うるさく離婚話を持ち出していたくせに」

痛いところをつかれたとみえて、佐竹は口をつぐみ、ぐいと酒を飲み干した。

しばらく間をおいて、ぶっきらぼうに言う。

「それとこれとは別だ」

佳那子はじっと佐竹を見た。突然柏木多美子のことが頭に浮かぶ。

「あの女と別れたの」

佐竹は乱暴に盃を置いた。

「関係ないと言っただろう」

佳那子は笑い出した。急に筋書きが読めたと思った。

「そうね、きっとそうよ。あの女にふられたのね。あたしが離婚に応じないことが分かったものだから、彼女、あなたに見切りをつけたのよ。そうでしょう」

佐竹は返事をせず、酒をあおった。

佳那子はなおも言いつのった。

「あなたは珍しく、この一週間外泊しなかったし、帰る時間も早かったわ。どうもおかしいと思ったけど、そういうことだったのね」

佐竹は唇をゆがめた。

「亭主が女房のもとへ帰るのに、いちいち弁解する必要はないんじゃないかな」

珍しく弱音を吐くように言う。その口調に、佳那子はと胸をつかれた。遠回しな言い方だが、とにかく今の夫の言葉は、佳那子の推測を認めたように聞こえた。

佳那子は久しぶりに心を動かされた。いい気味だという思いは、不思議になかった。

「ずいぶん殊勝なことを言うのね」

からかうように言うと、佐竹は酒を飲み干し、照れたような笑いを浮かべた。

「もう一度やり直してみるのも、悪くないと思っただけさ」

佳那子は長い間黙っていた。佐竹の言葉を信じていいものかどうか、にわかに判断できなかった。しかし冷たく固まっていた胸のしこりが、少しずつほぐれていく感じもあり、そのことが佳那子に希望を与えた。

やがて佳那子は立ち上がり、戸棚からもう一つ盃を出してきた。

そこへ佐竹が酒を注ぐ。

佳那子はだいぶ柔らかくなった声で言った。

「そうね、映画もたまにはいいわね」

二人は久しぶりに正面から目を見交わした。

そのとき、突然電話のベルが鳴り出した。

佳那子はびくりとして盃をテーブルに置いた。反射的に壁の時計を見る。

「またあのいたずら電話じゃないかしら」

佐竹は唇をなめた。無意識にソファの肘掛けを摑んでいる。ちょっと考えてから、キッチンにあるもう一台の壁掛け電話を指で示した。

「おれもあっちで聞く。同時に受話器を取るんだ」

佐竹がキッチンへ行くのを待って、佳那子はサイドボードの電話を取った。佐竹もそれに合わせる。

「はい、佐竹ですが」

「もしもし、佐竹さんね。ご主人いますか」

くぐもったような、ねっとりした男の声だった。反射的に佐竹を見る。

佐竹は表情を険しくしたが、すぐに佳那子にうなずいてみせた。

佳那子は言った。

「ちょっとお待ちください」

しかし受話器は置かずに、そのまま耳をすます。

佐竹はそれを見てちょっとためらったが、すぐに口を開いた。

「もしもし」

「――佐竹刑事かね」

「そうだ。あんたは」

「おれだよ。分かるだろう、声で」

佐竹が受話器を握り締めるのが見えた。

「芝田か」

「そうだ、覚えていてくれたか。おれは二週間ほど前に退院したんだ。病気が治ったんでね」

佐竹は唇をなめ、佳那子をちらりと見た。

「おれになんの用だ」

「別に用はない。ただ退院したことだけ知らせておこうと思っただけさ」

「今どこにいるんだ」

「わりと近いところにいるんだが、まあ言わずにおくよ。その節はいろいろと世話になったし、礼を言いたくて電話したんだ。もう一人の、唐沢とかいう刑事にもよろしくな」

かちりと音がした。

「もしもし」

佐竹が呼びかけたが、電話はすでに切れていた。

二人は同時に受話器を置いた。佳那子はじっと佐竹を見つめた。

「芝田ってだれなの。どこかで聞いたことがあるような気がするけど。お友だちじゃないわよね」

佐竹は視線をそらし、そっけなく答えた。

「昔ちょっと面倒をみてやった男さ。それより、もう一本つけてくれないか」

4

電話が鳴り出した。

編み物に熱中していた唐沢かすみは、驚いて顔を上げた。時計を見ると十時半を回っている。また例のいたずら電話だろうか。

立ってサイドボードの上の電話を取る。

「もしもし」

名乗らずに、用心深く答える。

「あ、唐沢さんね。唐沢刑事はいますか」

口ごもったような、男の声が言う。

「ええと、まだ——」

帰っておりませんが、と言いかけて、かすみは言葉を飲み込んだ。

今朝父親に言われたばかりだった。一人でいるときは、不用意に返事をしてはいけない。

まず相手を確かめることだ。

「あの、どちらさまでしょうか」

「ええと、芝田ですがね、昔唐沢さんに世話になった」

芝田。聞いたことがない。

「ちょっと近所へたばこを買いに行ったんですけど。すぐにもどると思います」

すぐに、を強く言う。

相手は咳払いをした。

「あ、そうですか。どうするかなあ」

「ご用件、うかがいましょうか」

「いや、いいです。また電話します。よろしく言ってください。芝田といえば分かると思います」

相手は一方的に電話を切った。

かすみは受話器を置き、肩の力を抜いた。編み物にもどる。いたずら電話でなかったことでいくらか安心したが、それとは別に何かいやな感じがあとに残った。声の大きさから判断すると、どこか近くからかけてきたような気もする。

かすみは雑念を振り払い、編み棒を動かし始めた。

五分ほどして、また電話が鳴った。受話器を取ろうか取るまいか迷う。さっきの男だったらなんと答えよう。

ベルはいつまでも鳴っていた。

かすみは迷ったあげく、仕方なく受話器を取った。

「もしもし」

「ああ、いたのか。なかなか出ないから心配したぞ」

父親の孝一郎だった。かすみはほっと息を漏らした。

「ごめんなさい。たった今、知らない人から電話があったものだから。芝田さんていう人だけど、お父さん知ってる」

「芝田」

電話の向こうで絶句する。

「だれなの、その人」

かすみは不安にかられてもう一度聞いたが、父親はそれに答えず、緊張した声で逆に聞き返した。

「なんと言っていた、やつは」

「別に。また電話するから、よろしく言ってくれって」

少しの間沈黙がある。

「これから帰るから、その間戸締まりをよくして、だれも中に入れるんじゃないぞ。電話にも出るな。一時間で帰れるだろう。分かったな」

「分かったけど、芝田さんてだれなの。この間から、お父さんおかしいわよ。わたしがだれかに狙われてるとでもいうの」

「心配しなくていい。帰ったら話す。いいか、言うとおりにするんだぞ」

かすみは電話を切った。

急にあたりの静寂が身に迫ってくる。テレビをつけ、歌番組にチャンネルを合わせてソファにもどった。

確かに最近の父は様子がおかしい。退社時間になると、会社まで迎えに来て、強引に一緒に帰ろうとする。これまで一度もなかったことだ。おかげで友だちと食事をして帰ることもできない。今夜など、仕事で迎えに行けないと会社に電話してきたあと、だれかボーイフレンドを呼んで送ってもらえとまで言った。ボーイフレンドの話をすると、決まって不機嫌になるあの父親がだ。それでいて、かたくなにわけを言おうとしない。

かすみは、並んで歩くときも妙に緊張した顔つきで、あたりに目を光らせている父の顔を思い出した。まるでだれかに娘を盗まれるのを恐れているかのようだ。今夜こそ、父がいったい何を考えているのか、問いつめてみよう。そういつまでも、子供扱いされているわけにはいかない。

かすみは溜め息をつき、編み棒を取り上げた。

テレビでは、来日中のアメリカのロック歌手が、耳の痛くなるような音を出しながら踊り狂っている。ふだんかすみは、こういううるさい音楽は聞かない。しかし今はにぎやかな音が恋しかった。

どれくらいたったか分からない。

突然インタホンのチャイムが鳴り、かすみはぎくりとした。

反射的に時計を見る。十一時二十五分だった。父親は一時間で帰ると言ったが、それまでまだ二十分ほどある。

少し早すぎる。急に不安が込み上げてきた。

かすみは恐るおそるインタホンの受話器を取った。

「はい」

「夜分すいません。捜査一課の佐竹といいますが、唐沢さんはもどっておられますか」

低い男の声だった。

かすみはほっとして唇をなめた。捜査一課の佐竹。佐竹の名前は、父からときどき聞かされている。以前父とコンビを組んでいた刑事だ。顔は知らないが、何度か電話で話したことがある。受話器に流れたのは、確かに佐竹の声のように思われた。

しかしまだ警戒を緩めずに、かすみは聞き返した。

「あの、どういうご用件でしょうか」

「緊急に相談したいことがありましてね。本庁へ電話したら、もう帰られたというので」

かすみは息をついた。どうやら間違いなさそうだ。

「あと十五分かそこらでもどると思います。ちょっとお待ちください。今あけますから」

受話器をもどし、かすみは廊下に出て玄関へ向かった。佐竹ならば、家へ入れても父は何も言うまい。それに刑事と一緒なら、心強い。だれが来ても怖くない。

かすみはたたきへ下りた。

ドアをあけると、青い毛糸の帽子をかぶった男が、そこにぬっと立っていた。

玄関のドアが、細目に開いていた。

唐沢孝一郎は息を飲んだ。心臓が引き締まる。無意識に背広の内側に手をやったが、もちろん拳銃はなかった。ふだんめったに持ち歩かないし、退庁するとき置いて来る規則になっているのだ。

急いでドアをあけ、玄関をのぞく。リビングからテレビの音が流れてきた。

薄暗い廊下に、黒いものが点々と垂れているのが見える。背筋を冷たいものがはい上った。血だ。

唐沢はわれを忘れ、家に飛び込んだ。

「かすみ。かすみ」

娘の名を呼びながら、リビングへ走る。体当たりするように、ドアを押しあけた。

唐沢は呆然と立ちすくんだ。つけっぱなしのテレビが、空しく騒音を吐き散らしている。

自分の目が信じられなかった。

かすみの体が、ソファの背でくの字に折れ曲がっていた。道端に捨てられた人形のように、ぴくりともしない。白い膝の裏が、痛いほど目を打つ。頭の部分を見て、唐沢はもう少しで吐きもどしそうになった。かすみの頭はほとんど原形をとどめていなかった。ソファの白いカバーが、茶色に染まっている。

衝撃のあまり、唐沢はその場にくずおれそうになった。

「かすみ」

かすれた声で名を呼び、体に手をかける。必死に揺さぶったが、反応はなかった。唐沢は絶望と怒りに体を引き裂かれながら、なおも名を呼び続けた。

ふと、まだ体温が残っていることに気づく。襲われてからさほど時間がたっていないのだ。もしかすると助かるかもしれない。

いちるの望みにつき動かされ、唐沢は電話に向かった。

そのとたん、急にいやな雰囲気を感じて、唐沢は振り向いた。

開いたドアの裏側に、毛糸の帽子をかぶった男が立っていた。

唐沢は目を見開き、叫ぼうとした。

男の振りかぶった鉄パイプが、弧を描いて唐沢の頭に打ち下ろされた。

*

警視庁捜査一課の主任警部吉永正行は、じりじりしながらコールサインの鳴る音を聞いていた。

ようやく受話器を取る気配がする。

「もしもし。佐竹ですけれど」

不機嫌そうな女の声だ。この時間からすれば無理もないが、今はそれを気にしているときではない。

「奥さんですか。夜分すいません。警視庁の吉永ですが、ご主人を起こしていただけませんか」

吉永の名を聞いて、急に相手の口調が変わる。

「いつもお世話さまです。ちょっとお待ちください」

吉永は佐竹の妻と一度だけ会ったことがある。刑事の妻にしてはあかぬけた感じの、美しい女だった。

佐竹はなかなか出て来なかった。吉永はいらいらして、後ろを見返った。すでに死体は運び出され、鑑識の連中があたりをしらみつぶしに調べている。吉永は白い手袋の指先で、送話口を小刻みに叩いた。

やがてくぐもった声が流れてきた。

「お待たせしました、警部。ちょっと飲みすぎてしまいましてね」

吉永はどなった。

「酔っ払ってる場合じゃないぞ、すぐに出動してくれ。自宅で唐沢君がやられたんだ。娘さんも一緒にだ」

「なんですって」

いっぺんに眠気が吹っ飛んだようだ。

「今検視が終わったところだが、二人とも鉄パイプのようなもので、頭を叩きつぶされてるんだ。だれだか知らんが、ひどいことをしやがる」

佐竹が息を飲む様子が感じ取れた。

「鉄パイプ」

「そうだ。犯人が娘さんを殺したところへ、ちょうど唐沢君が帰って来て鉢合わせしたらしい。二人ともほとんど即死だった。とても正視できない状態だよ」

吉永はそれを思い出して、またつばを飲んだ。

「発見者は」

「隣の住人だ。ふだんは静かな家なのに、今夜に限って夜中になってもテレビの音がなりやまない。不審に思って様子を見に来たら、二人が死んでいたというんだ」

しばらく黙ったあとで、佐竹は言った。

「犯人の目星はついたんですか」

「まだだ。目撃者はだれもいない。ただ、何も取られた様子はないし、娘さんを暴行しようとした形跡もない。どうも流しの犯行とは思えないんだ」

「とすると――」

「唐沢君に恨みを持ってるやつがいたのかもしれん。以前コンビを組んでいたんだろう。心当たりはないか」

佐竹が答えるのに、ちょっと間があいた。

「いや——別にありません」

それを聞いて、吉永は溜め息をついた。

「よし。とにかく現場へ来るんだ。きみの班の連中にも連絡して、全員召集してもらいたい」

5

柏木多美子は唇を嚙んだ。

怒りを抑えながら、じっと佐竹章人の横顔を見つめる。はらわたが煮えくり返っていた。ここのところ連絡がとだえたと思ったら、なんと妻の佳那子と仲良く銀座の高級宝飾店で買い物をしている。

多美子は佳那子に目を移した。めらめらと嫉妬《しっと》の炎が燃え上がる。確かに美人かもしれないが、どこか冷たい感じのする、いけすかない女だった。

佳那子は佐竹の腕に手をかけ、まるで新婚のようにべたりと佐竹に寄り添っていた。佐竹は佐竹で、恥ずかしげもなく妻のコートの襟《えり》を直したりしている。

多美子は奥歯を嚙み締め、指輪を飾ったショーケースの上にかがみ込んだ。ただし目だけはしっかり二人の動きをとらえている。

まったく腹が立つ。妻と別れるから結婚してくれと、ひざまずかんばかりにして搔きくどいたのは、どこのだれだというのだ。それが今は手の裏を返したように、妻にプレゼントを買い与えようとしている。わたしにくれたネックレスより高いものを買ったら、絶対に許しはしない。

この日多美子は、暇をもてあまして一人で映画でも見ようと、久しぶりに銀座へ出て来たのだ。それなのに、偶然とはいえ佐竹と佳那子の、いかにも仲むつまじそうな姿を見せつけられることになろうとは、あまりに皮肉な巡り合わせだった。

そもそも今佐竹は、同僚が殺された事件で目が回るほど忙しいはずではないか。新聞で事件を知ったあと、多美子はこれでまたしばらく会えなくなると、自分で自分に言い聞かせていたほどなのだ。そうした多美子の気持ちも知らずに、のんびり妻と買い物をするとは、許しがたい背信行為だった。

佐竹が店員に金を払っている。ブローチか何か買ったようだ。多美子は顔をそむけ、二人から目をそらした。見たくもない光景だった。

そのとき多美子は、近くの柱の陰に体格のいい男がコートの襟を立て、のっそりとたたずんでいるのに気がついた。三十半ばの年格好で、青白い顔をしており、目の色が暗い。コートの襟の上から、奇妙な形にとがった耳が、ぴんと突き出しているのが見える。

男は周囲の動きに目もくれず、じっと一点を見つめていた。

なにげなく男の視線を追う。その先に佐竹夫婦がいるのを見て、多美子はちょっと驚いた。もう一度男に目をもどす。確かに男は二人を見ていた。

多美子はまた佐竹を見た。佐竹は釣り銭を受け取っている。男に気づいた様子はない。佐竹夫婦が売り場を離れた。多美子は動かずに、そっと耳のとがった男の様子をうかがった。

男が柱を離れるのが目の端に映る。二人のあとを追ってぶらぶらと歩き始める。

やはり気のせいではなかった。あの男は佐竹たちに特別の興味を持っている。なぜか分からないが、あとをつけているらしい。いったい何者だろう。

多美子は三人のあとを追って店を出た。佐竹と佳那子のことよりも、素姓《すじよう》の知れぬ男の方が気になった。

しばらく歩いたあと、佐竹たちは銀座通りを渡り始めた。途中で信号が黄色に変わった。佐竹が佳那子の腰を抱き、足を急がせるのが見える。とがった耳の男も、歩調を速めて横断歩道を渡った。多美子があとに続こうとしたとき、信号は赤になってしまった。

多美子は足を止め、小さく舌打ちした。

人込みに見え隠れする、佐竹の頭を目で追う。そしてあとをつける男のとがった耳も。やがてそれらは、無数の通行人の中に埋もれてしまった。

佐竹と佳那子のあとをつけても、どうせ不愉快な思いをするだけだ。ただあの男のことが、妙に気になって仕方がなかった。とがった耳が、何か邪悪な生き物のように思えた。二人に危害を加えようとしているのではないか、という疑惑がふと浮かぶ。もしそうだとしたら――。

いつの間にか信号が青に変わり、人の波が動き出していた。多美子はちょっとためらったが、くるりと横断歩道に背を向けた。

つまらないことにかかずらうのはやめて、予定どおり映画でも見よう。佐竹がどんな言い訳をするか、それを考えると楽しみだ。そのときにいやというほどいじめてやればいい。

＊

電話のベルが鳴った。

柏木多美子は受話器を取った。

「おれだ、佐竹だ」

多美子はソファにもたれた。われ知らず体が熱くなる。

「おれだ、佐竹だもないもんだわ。あんまりじゃないの、こんなに長いことほうっておいて。よっぽど一一〇番に電話しようかと思ったわ」

「すまん。同僚が殺されたりして、連絡できなかった」

多美子は受話器を握り締めた。

「その前からでしょ、ごぶさたは。泊まりに来れなくても、外で会うことくらいできたはずだわ」

「仕事が立て込んでたんだ」

むらむらと怒りが込み上げてくる。

「そうでしょうとも。同僚が殺されたので、なぜか急に奥さんにプレゼントを買いたくなったというんでしょ」

「なんだって。何を言ってるんだ」

「とぼけないでよ。あなた、奥さんとよりをもどしたんじゃないの」

自分でも驚くほど、とげのある口調になった。佐竹が息を吸い込むのが聞こえる。

「ばかなことを言うなよ。おれが惚《ほ》れているのはきみだけだ。よく分かってるだろう」

思い切って言ってのける。

「じゃあこの間の日曜日、銀座で奥さんと仲むつまじくお買い物してたのは、どこのだれなのよ」

長い間があく。

「見たのか」

「悪かったわね。たまに映画でもと思って出かけると、とんでもないものを見せられるんだから。まったく頭へくるわよ」

「あれにはわけがあるんだ」

「どんなわけがあるのよ」

「今は言えない」

「調子いいんだから。離婚してあたしと一緒になるって、そう約束したのを忘れたの」

「忘れてないし、そうするつもりだ。ただし時間がほしい。もうしばらく待ってくれ」

「そのせりふは聞きあきたわ。待ってる間におばあちゃんになっちゃうわよ」

「聞き分けの悪いことを言うなよ」

「じゃ、せめてわけを話して」

「だから今は言えないと言ったろう。いろいろと事情があるんだ」

佐竹の声にいらだちを認め、多美子は口をつぐんだ。

佐竹が続ける。

「それより、だれと映画を見に行ったんだ」

「よく言うわよ。一人に決まってるじゃない。でもね、あまりこんなことが長く続くと、だれと出かけるか分かりませんからね」

佐竹は溜め息をついた。

「だだをこねるのはやめてくれよ。とにかくしばらく会わない方がいい。おれたちの関係を、だれにも知られたくないんだ。だれかに見られたらまずいことになる」

「だれかってだれに」

「だれかだ」

多美子はそれで思い出した。

「そう言えば、この間あなたが奥さんと銀座をうろうろしているのを、変な男がつけ回してたわよ」

急に受話器の向こうがしんとした。一瞬電話が切れたのかと思う。多美子は急いでつけ加えた。

「ほんとよ。がっちりした体つきでね、耳が悪魔の弟子みたいにとがってる人なの。宝飾店で買い物をしているとき、離れたとこからずっとあなたたちを見てたわ」

「ほんとうか」

「嘘なんか言うもんですか。店を出てからも、ずっとあとをつけていたみたい。気がつかなかった」

佐竹はそれに答えず、無理に押さえつけたような声で言った。

「どうしてそれが分かったんだ」

多美子はちょっと言いよどんだ。

「あたしもちょっとだけ、あなたたちのあとをつけたから。だって腹が立ったし、あの男のことが気になったんですもの。ほんとに気がつかなかったの」

「ああ、気がつかなかった。きみにつけられてることさえ、分からなかったくらいだからな」

「あのときの雰囲気からすると、あなたが襲われたりするんじゃないかと心配だったわ。なんだか気持ちの悪い男だったし――。いったいだれだったのかしら。心当たりはないの」

「ないね。それよりその男は、きみに気がつかなかっただろうな」

多美子は虚をつかれた。

「え。ええ、気がつかなかったと思うわ。その人、あなたたちばかり見ていたから。でも、どうして」

佐竹が電話の向こうで、荒い息を吐くのが聞こえた。急に口調を改めて言う。

「いいか、よく聞くんだ。間違っても、二度とおれのあとをつけようなどと思うな。絶対にだぞ」

その断固とした口調には、なぜかぞっとさせられるものがあった。

「どうして。わけぐらい教えてくれてもいいじゃない」

「聞かない方が身のためだ。約束してくれ、おれをどこかで待ち伏せしたり、無理に会いに来たりするんじゃないぞ。夜一人で出歩くのもいかん。勤めが終わったら、まっすぐ帰るんだ。マンションには、見知らぬ人間を入れるな。分かったか」

「いったいどういうつもりよ。冷蔵庫にはいってろとでも言うの」

かっとして多美子は叫んだ。しかし佐竹はたじろがなかった。

「すべて片づいたら、分かるように説明してやる。おれを信じてくれ。きみを愛してるんだ」

多美子は何か言い返そうとして、唇を嚙んだ。最後の言葉に胸を打たれ、思わず涙ぐんでしまう。佐竹の声に、何か無視できない、せっぱ詰まったものを感じた。

溜め息をついて言う。

「分かったわ。言うとおりにすればいいんでしょ。あなたが来るまで、じっとここで待ってるわ。かびがはえるまでね」

返事を待たずに、電話を切った。

6

ジェット・コースターが宙を駆け、悲鳴が空から降って来た。

佐竹佳那子はベンチに腰を下ろし、それを見上げた。冬の遊園地は、夏と比べて嘘のように閑散としている。

佳那子は子供のときから、遊園地が大好きだった。それは大人になっても、結婚してからも変わらなかった。

夫の佐竹は、そうした子供じみた趣味とはほど遠い男だった。遊園地に行きたいという佳那子の希望を、いつも一笑に付した。デートと言えば競馬場か競輪場だった。

佳那子は昼間ときどき、区内にあるこの遊園地に足を運ぶ。時代遅れの乗り物しかない、さびれた遊園地だ。ここへ来て、子供たちを見るたびに思うのは、自分たちに子供がいたらということだった。子供さえいれば、夫の浮気もやみ、暖かい家庭を築くことができたかもしれない。

結婚して八年たつが、最近では夫婦生活も遠のき、ますます子供のできる可能性は薄くなってしまった。このままでは、離婚も避けられないのではないかと思う。少なくともついこの間までは、切実にそのことを思い悩んでいた。

佳那子はコートを体に巻きつけた。

佐竹はあの女と別れたと言ったが、本当だろうか。確かに夫は、このところ外泊もせず、帰宅も比較的早かった。この間の日曜日には、同僚の唐沢刑事が殺されて忙しいはずなのに、どう時間をやりくりしたのか買い物に付き合ってくれた。ここ何年もないことだった。

佳那子は半年ほど前、佐竹のズボンをクリーニングに出そうとして、ポケットからデパートの配送伝票の控えを見つけた。貴金属売り場の伝票で、夫が捨て忘れたものに違いなかった。それで佳那子は、柏木多美子の住所と電話番号を知ったのだった。

佳那子に追及された佐竹は、あっさり浮気を認めた。それどころか、その機会を待っていたように、離婚話を持ち出した。理由は性格の不一致と、子供ができないことだった。あまりにやぶからぼうな申し出に、佳那子は愕然《がくぜん》とした。

浮気した側から離婚を申し立てられないことは、佳那子もよく承知している。また子供ができないことも、佳那子一人の責任とは言い切れず、離婚申し立ての理由にはならないはずだ。

佳那子は当然のように佐竹の申し出を拒否した。慰謝料を取って別れることは、最初から考えなかった。正直なところ、夫にまだ未練があったし、女としての意地もあった。

それだけに、夫の最近の変化は意外だった。嬉しくないわけではないが、一方では疑わしい気持ちも残る。夫は本当にあの女と別れたのだろうか。別れたとすれば原因はなんだったのだろうか。

隣のベンチにだれかすわり、佳那子はわれに返った。ハンドバッグからたばこを出し、ライターを探る。そのとき横合いから、ぬっと手が伸びて来た。

隣の男が、ライターを差し出していた。

「どうも」

佳那子は反射的に礼を言い、火をもらった。煙を吐き出し、軽く頭を下げる。

「あんた、佐竹刑事の奥さんでしょう」

突然切り出されて、佳那子はぎくりとした。改めて男を見返す。夫と同年輩の、体格のいい男だった。耳の先がピノキオのように、ぴんととがっているのに気づく。

「そうですけど、あなたは」

警戒しながら答えると、男はにっと笑った。

「芝田というんですがね。昔佐竹さんに、えらく世話になったことがあるんですよ」

佳那子は戸惑い、瞬きした。芝田の名を聞いて、先夜の電話のことを思い出す。そういえば、声に聞き覚えがあった。

「芝田さんとおっしゃると、先日お電話くださった方かしら」

「そうですよ。奥さんも聞いてたのかね」

佳那子は無意識に拳を握り締めた。

どちらにせよ、佐竹に世話になったといえば、だいたいは犯罪者と相場が決まっている。気が重くなった。たばこを捨て、何も言わずにベンチを立つ。わけもなく、この男に不吉なものを感じた。

男も立ち上がった。佳那子が歩き出すと、あとを追って来る。

佳那子は振り向き、男を睨んだ。

「何かご用ですか」

「いや、別に」

男は照れたように笑い、足を開いて空を見上げた。薄くとがった耳に日が当たり、血管が赤くすけて見える。

佳那子は足早にその場を離れ、ジェット・コースターの入り口へ向かった。

切符売り場でさりげなく後ろを見る。男の姿はなかった。ほっとして切符を買い、プラットホームに上がる。子供が十人ほど並んでいるだけだった。

佳那子は遊園地に来るたびに、これに乗るのを楽しみにしていた。かつては一番人気を誇ったジェット・コースターも、今ではスクリューやループといった数段過激なコースターに王座を奪われ、完全に時代遅れの乗り物になっている。しかし逆さになったり、体が一回転したりする新しいコースターは、刺激が強すぎた。この時代遅れのコースターだけが、佳那子にほどよいスリルを与えてくれるのだった。

コースターがもどって来て、乗客を下ろした。大人も何人か乗っていたが、みんな物足りなそうな顔をしている。

佳那子は後ろから二番目のボックスに乗った。乗客は少なく、前のボックスは二つほどあいたままだった。係員が安全バーをセットする。前の手すりにつかまり、発車を待つ。その間の緊張感が、なんとも言えなかった。

やがてコースターが揺れ、静かに動き出す。

急に肩を摑まれ、佳那子ははっとして振り向いた。

とがった耳が、肩の後ろにあった。例の男がいつの間にか、一番後ろのボックスに乗っていたのだ。

「なんの用ですか、いったい」

驚いたのと男のしつこいのに腹を立てて、佳那子は肩を振り放した。コースターが傾斜をゆっくりと上り始める。ギアの嚙み合う音がうるさく響いた。

「ちょっと話がしたくてね。おれが旦那にした約束のことで」

「約束ってなんですか」

男は一呼吸おいて言った。

「奥さんは知らないかね。五、六年前あんたの旦那が、鉄パイプを持った二人組の兄弟強盗と渡り合った話を」

佳那子はぎくりとした。その事件のことはよく覚えていた。

「それがどうしたの」

「あんたの旦那は、おれを逮捕するとき、弟を射殺しやがったのさ」

佳那子は息を飲んだ。記憶の歯車が急激に回転する。芝田、芝田。あのときの犯人は、そういえば芝田といったような気がする。

佳那子は男を横目で見ながら、とぎれとぎれに言った。

「芝田って、あのときの、芝田——さんなの」

「そうさ。ほかに芝田という知り合いがいるのかね」

佳那子は冷や汗が吹き出すのを感じた。電話で芝田の名前を聞いたとき、どこかに記憶があると思ったのは、これだったのだ。

あの事件で逮捕された芝田は、凶暴性を伴う精神病質者で、精神病院に措置入院させられたと聞いている。先夜の電話で、この男が退院したと言ったのは、精神病院のことだったのか。

どちらにせよ、もしこの男がその芝田だとすれば、佐竹はなぜあのとき正直にそう言わなかったのだろう。妻を心配させたくなかったからだろうか。それとも別に理由があるのだろうか。

急速に胸に疑惑が広がる。

佳那子は無理やり口を開いた。

「弟さんのこと、お気の毒でしたわね」

そう言ってから、皮肉に聞こえなければいいがと祈る。

男は低い声で笑った。

「どういたしまして。だけどねえ、奥さん。そのときおれは約束したんだ。娑婆へ舞いもどったら、きっと弟のかたきを討つとね」

男の手が、また肩にかかる。

そのとたん、コースターが急降下にはいった。佳那子は手すりにしがみつき、悲鳴を上げた。悲鳴は騒音に掻き消された。

男は乗り出し、佳那子の耳に口をつけた。騒音に負けない大声で怒鳴る。

「弟はおれにとって、この世で一番大切な人間だった。それをあんたの旦那は、虫けらのように撃ち殺しちまったんだ」

体が一直線に沈み、浮き上がる。佳那子は目を固くつぶり、手すりをしっかり握り締めた。恐怖に体がすくむ。それがコースターのせいなのか、それとも後ろのボックスにいる男のせいなのか、自分でも分からなかった。

男の手が肩の上を這《は》い、佳那子は首を縮めた。全身に悪寒《おかん》が走る。

男がまた怒鳴った。

「だからおれは約束したんだ。こっちも旦那の一番大切にしてる人間を、殺してやるってな。旦那もそれを忘れちゃいないはずだ」

コースターは轟音《ごうおん》とともに斜面を駆け下り、急カーブのコースに突入した。強烈な重力の加速度と遠心力を受けて、体がよじれる。頭ががくがくして、宙に吹き飛ばされそうだった。

耳の脇で男が叫び続ける。

「旦那にとって一番大切な人間は、奥さん、あんただ。この間見たよ、あんたたち夫婦が銀座で仲良く買い物したり、食事をしたりしてるところをね。おれがもしあんたを殺したら、旦那はどんな気がすると思うかね」

「やめて――やめて」

佳那子は必死に手すりにつかまりながら、無我夢中で叫んだ。男の声が、自分の頭の中で鳴り響く。気が狂いそうだった。

急カーブを抜け、上りのコースに差しかかる。佳那子は体をずらし、男から身を遠ざけようとした。しかし狭いボックスの中では、逃げ場がなかった。ボックスの反対側に体を押し付け、手すりに顔を伏せる。

男の声が執拗《しつよう》に迫って来た。

「おれはついこの間まで、病院にはいってたんだ。精神分裂病でね。鉄パイプで人を殴り殺したんだから、それもしょうがないさ。だけどもう治って、退院して来たんだ。聞こえたかね。もう治ったんだよ、おれは」

佳那子の意識の中に、つい先日殺されたばかりの唐沢父娘《おやこ》のことが浮かんだ。唐沢は例の事件のとき、佐竹とコンビを組んでいたのだ。鉄パイプで頭を打ち砕かれた、父娘の幻影が目の裏をよぎる。

コースターがふたたび下り斜面を疾走し、第二の急カーブに突入した。体が前後左右にねじれ、ボックスから飛び出しそうになる。佳那子は悲鳴を上げ、手すりにかじりついた。

そのとたん、ボックスががくんと揺れて、安全バーが胸から膝に落ちた。

「た——助けて」

恐怖が喉元までせり上がり、佳那子は力の限り叫んだ。

次の瞬間目の前に火花が飛び散り、佳那子は暗い闇に落ちて行った。

意識を失う間際に、恐ろしい考えが頭に浮かんだ。

＊

意識がもどったとき、男の顔がすぐそばにあった。

思わずのけぞる。喉がこわばり、声が出なかった。体が硬直していた。

自分がベンチにすわらされていることが分かる。佳那子はほっと息をついた。下着が汗で濡れているのに気づく。

「大丈夫ですよ、奥さん。おれがここまで抱いて来たんだ。係員の話じゃ、あのコースターで失神する人は、近ごろ珍しいらしいね」

佳那子は立とうとしたが、足がなえたように言うことをきかなかった。

男が続ける。

「留め金がはずれただけで、体が飛び出す心配はなかった。でも驚いただろうね」

佳那子は唇を噛んだ。まだ体が震えている。

しかし今はそれどころではなかった。失神する前に、あることが意識をよぎり、それが佳那子に強いショックを与えていた。そのことを思い出すと、怒りで頭に血が上った。

男を見る。なぜか恐怖は薄れ、憎しみと哀れみがそれに取って代わった。

佳那子はハンカチで額の汗をふき、ゆっくりと言った。

「佐竹にとって、一番大切な人間ね。それがあたしだって言うの。冗談じゃないわ。あんたは騙《だま》されてるのよ」

男の目がきらりと光る。

「なんだって。そりゃどういう意味だ」

佳那子は薄笑いを浮かべた。今初めて、夫のたくらみが読めたと思った。佐竹はこの男が退院したことを知り、妻に対して恐ろしい罠《わな》をしかけたのだ。だから佳那子が芝田のことを聞いたとき、昔面倒をみた男だなどと嘘をついたのだ。

佳那子は男をまっすぐに見た。

「あの人が今一番大切にしてるのはね、あたしじゃなくて、柏木多美子という女よ。佐竹はあたしと別れて、その女と結婚するつもりなの。そのことをあんたに知られたくないから、あたしと仲良くしてみせたんだわ」

男はあっけに取られて佳那子を見つめた。

「なんのためにそんなことをするんだ」

「決まってるじゃないの。あんたにあたしを殺させるためよ」

7

男は毛糸の帽子を耳の下まで引き下げた。

街灯の明かりの届かない暗がりに立ち、レンガ色のマンションを見上げる。

あの女の部屋は、七一二号室だ。思わず笑いが漏れそうになる。

おまえはおれの目をくらまそうとして、女房と仲良さそうに買い物までしてみせたな。だがそううまくはいかないぞ。そんな芝居に騙されるおれではない。おまえが一番大切にしているのがだれなのか、こっちは百も承知している。

それは七一二号室の女、柏木多美子だ。あの女を、おれはきっと殺してやる。そして弟のかたきを討ってやる。病気が治ったと診断して、おれを退院させた医者たちの、あわてふためく顔が見えるようだ。やつらの見立て違いを、たっぷりと思い知らせてやらねばならない。

男は肩を揺すり、コートの内側に隠し持った鉄パイプの柄を握り締めた。通りの左右を見渡し、ゆっくりとマンションにはいる。明るいロビーには、だれもいなかった。

マフラーで顔の下半分をおおい、エレベーターに乗る。もう一度帽子に手をやった。だれかに見られたとき、顔よりも耳の形の方が覚えられやすい。気をつけなければならない。

七階まで一息に上る。エレベーターを下りると、そこのホールにも人影はなかった。男はほくそえんだ。ついている。ここまで来れば、仕事は半分終わったようなものだ。

男はズック靴をはいた足を忍ばせ、無人の廊下を七一二号室の方へ向かった。よし、もう少しだ。

無意識に足を速めたときだった。いきなり一つ手前のドアが開き、頭にピンクのホット・カーラーを巻いた女が出て来た。

はっとしてマフラーを巻き直す。コートの下で握った鉄パイプが、汗で滑りそうになった。女は右手に黒いビニールのごみ袋を持っていた。男にちらりと横目をくれて、心持ち頭を下げるようにしながら、脇をすり抜けて行く。

男は冷や汗をかきながら、黙って七一二号室の前を通り過ぎ、廊下の突き当たりの非常階段まで行った。柱に隠れて中庭を見下ろす。一分ほどすると、さっきの女が出て来るのが見えた。非常階段の真下にある、ごみの集積場へ向かう。

ごみを出した女が、エレベーターで七階へもどり、部屋へ引っ込むまで約三分かかった。気が遠くなるほど長い時間に思えた。

さらに一分ほど待ち、新たな人影が現れないのを確かめると、大急ぎで七一二号室に向かった。躊躇なくインタホンのボタンを押す。

取りつけられたマイクから、緊張した女の声が流れて来た。

「はい、どなた」

男は息を吸い、マフラーでおおった口を開いた。

「佐竹だ」

＊

電話のベルが鳴った。

歯を磨き終わり、寝室へ向かおうとしていた佐竹佳那子は、足を止めた。ちょっとためらったが、受話器を取る。

「もしもし、佐竹ですが」

警戒しながら呼びかけると、丸みのある声が耳に弾んだ。

「奥さんですか、捜査一課の吉永です。いつも遅くにすいません。佐竹君はまだもどっておられませんか」

佳那子はほっとして受話器を持ち直した。

「はあ、まだもどっておりませんが」

「所轄署から直接帰宅すると、メモがあったものですからね。それじゃ、もどりしだい本庁の方へ電話するように、伝えてくれませんか」

「分かりました。申し伝えます」

吉永は咳払いをした。何か言いたそうな様子が、電話口から伝わってくる。

「ほかに何か」

佳那子が水を向けると、吉永は思い切ったように言った。

「奥さん。つかぬことをお聞きしますが、最近身辺に変わったことはありませんか」

佳那子は受話器をきつく握り締めた。

「変わったことと申しますと」

「例えば、見慣れぬ男が家の回りをうろついているとか、あるいはだれかにあとをつけられるとか、そういったようなことです」

無意識に電話のコードをこねる。

「あの、何かあったんでしょうか」

吉永は口調を改めた。

「先日うちの唐沢刑事が、娘さんと一緒に殺害された事件、ご存じですね」

「はい」

「では五年ほど前、佐竹君と唐沢君がコンビを組んでいるころ、深夜スーパーを襲った二人組の強盗とやり合った事件は」

「兄弟強盗の事件なら覚えています。主人が弟の方を射殺して――」

「そうです、その事件です」

吉永はくどくどと事件のいきさつを説明し始めた。佳那子は仕方なしに、黙ってそれを聞いていた。

吉永は、兄の芝田周吉が最近、精神病院を退院したことまで明らかにした。

「実は今日、東久留米第一病院の院長から電話がありましてね。少し前に唐沢君と佐竹君が、芝田の退院についてかなりしつこく聞きに来たというんですよ。本当に病気が完治したのかどうかとね。どうやら二人は、芝田がまた何かしでかすのではないかと、心配していたらしいんです。あるいは個人的に、仕返しされるのを恐れていたのかもしれない」

「でもその人は、病気が治ったので退院したんじゃないんですか」

「院長はそう言ってますがね、肝心の芝田の居所が分からんのですよ。病院を出たあと、一度母親のところへもどったんですが、翌日から行方をくらましてしまった」

佳那子は口の中が渇くのを感じた。ジェット・コースターの恐怖がまざまざと蘇《よみがえ》る。

「その人が唐沢さん父娘を殺したんですか」

吉永はふっと息をついた。

「分かりません。しかしもしそうだとすると、今度は佐竹君や奥さんが狙われる恐れがあります。脅かすつもりはありませんが、一応お伝えしておいた方がいいと思いましてね」

佳那子は唇をなめた。

芝田がすでに一度、自分を狙ったことを言うべきだろうか。そしてそのとき、自分から狙いをそらすために、夫の愛人の住所氏名を教えたことを、正直に告げるべきだろうか。しかしそれは同時に、夫の不倫を上司に告白することにもなる。

佳那子は焦燥感にさいなまれた。

「奥さん。何か心当たりがおありですか」

「は。いえ、別に」

「どんなことでもいいんです。芝田の所在が分かれば、唐沢君の事件の解決も早まるかもしれない」

このまま黙っていれば、おそらく芝田は柏木多美子を殺すだろう。そうなれば、自分で手を下すことなく邪魔者が消え、夫を取りもどすことができる。

しかし、もし芝田が逮捕されて、多美子のことを佳那子から聞いたと白状したら、どうなるだろう。そのときは夫婦の恥を天下にさらすばかりか、佳那子自身が芝田の共犯にされる恐れも出てくる。もしそんなことになったら、元も子もなくなる。

佳那子は手の甲で額をこすった。指の力が抜け、受話器を取り落としそうになる。

「奥さん。聞いておられるんですか」

「は。——はい」

「どうなんです。何か心当たりがあるんじゃありませんか」

全身に汗が吹き出し、佳那子はソファにくずおれた。

「はい。実は——」

8

柏木多美子は寝返りを打った。

すっかり眠気が覚めてしまった。暗い天井を眺め、しばらく前の電話のことを考える。

電話は警視庁捜査一課の吉永と名乗る男からだった。佐竹の上司だという。驚いたことに、吉永は佐竹と多美子の関係を知っており、そのことに関連して話があると切り出した。

吉永の話は、思いもよらぬ内容だった。以前佐竹に逮捕された芝田という男が、仕返しのために多美子を狙っているらしいので、身辺に気をつけるようにというのだ。吉永は多美子に、夜一人で出歩いたり、不用意に人を部屋に入れたりしないようにと警告した。

それはこの前の電話で、佐竹がくどく念を押したのとまったく同じことだった。佐竹はいっさい理由を言おうとしなかったが、これで納得がいった。あのとき佐竹はすでに、多美子が狙われていることを知っていたに違いない。

もう一度寝返りを打つ。どうも気持ちの収まりが悪い。自分の知らないところで、物事が勝手に動いているような気がする。明日にでも佐竹と会い、徹底的に問いつめてみよう。そうしなければ落ち着かない。

あれこれと考えを巡らしていたので、インタホンが突然鳴ったときは、心臓が止まりそうになった。反射的に吉永の警告が耳に蘇る。

急いでベッドを抜け出し、インタホンの受話器を取った。胸がどきどきする。

「はい、どなた」

「佐竹だ」

多美子はほっと肩の力を抜いた。胸がきゅんと締めつけられる。佐竹が電話もよこさず、こんな時間にやって来たのは初めてだった。

弾みそうな声を抑えて言う。

「ほんとにあなたなの」

「そうだ。あけてくれ」

ふとその声が、ふだんと比べて妙にこもっているように思えた。たぶんインタホンに口を寄せて、ささやいているせいだろう。

「ちょっと待ってね」

リビングのドアをあけ、廊下に出た。嬉しさと困惑で足がもつれそうになる。いいところへ来てくれたものだ。さっそく吉永の電話のことを伝え、事実を問いただしてみよう。

そのことばかりに気を取られ、多美子はいつものようにマジック・アイで相手を確認するのを忘れてしまった。錠を回したときそれを思い出したが、気がせいていたので深くは考えずに、チェーンをはずした。

そのとたん、ドアが勢いよく引きあけられた。多美子はそこに棒立ちになった。

目の前に、毛糸の帽子とマフラーで顔を隠した、コート姿の男が立っていた。男は多美子が声を出す前に、素早く中へ飛び込んだ。

「だ――だれなの」

多美子は不意をつかれ、かすれ声で言った。ぞっとして体がすくむ。男はそれに答えず、コートの下から鉄パイプを取り出した。多美子は喉を鳴らし、廊下を後ずさりした。声を出そうとしたが、舌がこわばって動かない。

男が無言で鉄パイプを振り上げる。多美子はパニックに襲われ、身を翻してリビングに駆けもどろうとした。男が靴のまま廊下に上がり込んで来るのが分かる。

多美子は悲鳴を上げ、リビングに転げ込んだ。思い切りドアを背後に叩きつける。男の振り下ろした鉄パイプが、ドアにはまったガラスを打ち砕いた。鉄パイプは、勢い余って男の手を離れ、多美子の肩をかすめて向かいのサイドボードに激突した。

とにかく身を守らなければならない。多美子は無我夢中でソファを乗り越え、鉄パイプを取りに行った。それはサイドボードのガラス戸に突き立っていた。

ドアがあき、男が侵入して来る。多美子は鉄パイプを引き抜き、振り向きざま男の顔を目がけて横殴りに叩きつけた。男はとっさに首を縮めた。鉄パイプが頭の天辺《てっぺん》をかすめる。男は声を上げ、ソファに倒れた。毛糸の帽子が吹っ飛ぶ。多美子も鉄パイプの重さにバランスを崩し、床に四つん這いになった。

急いで起き上がり、鉄パイプを構え直すと、書棚のガラス戸めがけて打ち下ろした。凄《すさ》まじい音をたててガラスが砕け散る。なおも打ち続けながら、多美子は声を限りに叫んだ。

「助けて――人殺し」

とにかく騒げるだけ騒いで、人を呼ばなければならない。

それを見て、男が起き直った。多美子が振り下ろした鉄パイプを腕ではねのけ、飛びかかって来る。多美子は腕をすり抜け、キッチンに回った。そのとき、男のマフラーがずり落ち、顔があらわになった。

多美子は体を凍りつかせた。

自分の目が信じられなかった。

そこに立っているのは、佐竹章人だった。

足元に穴があいたような気がして、多美子はよろめいた。

「あ、あなた。いったいこれは――どういうことなの」

うわごとのように言い、呆然と相手を見つめる。佐竹はそれに答えず、多美子をつかまえると、首に両手をかけた。酒の臭いがぷんと鼻をつく。佐竹の目は、まるで死人のように無表情だった。

「やめて、何するの。た、助けて」

とぎれとぎれに叫び、佐竹の手をもぎ放そうとする。しかしそれはびくともしなかった。恐怖が胃の腑《ふ》を突き上げ、多美子は口をあけた。頭が混乱していた。なぜ佐竹は自分を殺そうとするのだろう。妻とよりをもどすために、邪魔になったとでもいうのだろうか。

食いしばった佐竹の歯の間から、言葉が漏れた。

「隠しても無駄だ、分かってるぞ。おまえこそやつが一番大切にしている女だ。おれはおまえを殺す。弟のかたきを討つんだ」

この男は何を言っているのだろう。多美子は死に物狂いで、佐竹の顔に爪を立てた。めちゃくちゃに掻きむしる。爪が皮膚を食い破り、血が流れ出した。しかし佐竹は表情を変えず、一段と指に力を加えた。多美子は息ができなくなり、体であえいだ。意識がしだいに遠のく。

佐竹は多美子をキッチンのテーブルに押し倒し、手を離して床に落ちた鉄パイプを拾い上げた。多美子のもうろうとした目に、佐竹の握った鉄パイプが、ゆっくりと自分を目がけて振り下ろされるのが映った。

だれかの怒鳴り声を聞いたような気がしたが、そのときには多美子は意識を失っていた。

＊

東久留米第一病院の武部院長は、白髪をていねいに掻き上げた。

「それは危ないところでしたね。止めなければ佐竹君は、確実にその女性を打ち殺していたでしょう」

吉永警部は、太った体を窮屈そうに揺すった。

「万が一と思って、電話したあとマンションを訪ねてみたのが正解でした。虫が知らせたとでも言うんでしょうかね」

「芝田周吉はどうしました」

「母親の家で保護しました。二人の家に何度か電話したことや、佐竹夫婦を尾行したり奥さんを威《おど》かしたりしたことは認めましたが、殺しには関係ないことが分かりました。自分を抑制する力は取りもどしているようです」

武部はうなずいた。

「まだ多少被害妄想が残っていますが、分裂病特有の幻視や幻聴は消えましたし、危険はないはずです。そうでなければ、こちらも安易に退院させたりしません。彼らにも、社会復帰の機会を与えられる権利がある。精神分裂病というものに、少しは理解を示していただきたいですね」

吉永は溜め息をついた。

「芝田のことはともかく、佐竹の行動はいったいどう説明したらいいんでしょう」

武部は眉根を寄せ、腕を組んだ。

「非常に珍しい複合精神病です。まず最初に、アルコールを一定量以上に飲んだ場合に現れる、病的酩酊《めいてい》の症状が存在すること。それから、他人の精神病の影響によって引き起こされる、一種の感応精神病の症状が見られること。これは、例えば集団ヒステリーと同じように、通常身辺にいる家族や友人が患者の影響を受けて、似たような症状を引き起こすケースがほとんどです。ところがたまに例外もある。ある事実や人物に対して異常な憎悪、恐怖などを感じたときに、かえってその対象に自分を同化させようとする例があるのです」

「佐竹の場合がそれだったのですか」

「だろうと思います。彼は芝田周吉が退院したことを聞き、芝田自身と退院を許した病院に対して強い恐怖と憎悪の感情を抱いた。佐竹君自身、かつて弟を精神分裂病の患者に殺されたという事実が、心に深い傷を残していたこともあるでしょう。そしてその結果、わたしたたち医師の診断が間違いであったことを立証しなければならないという、強烈な願望に取りつかれてしまった。その強迫観念が、病的酩酊状態に陥ったとき、自分を芝田に同化させてしまうという形で発現したわけです」

吉永は納得してうなずいた。

「佐竹は正気のとき、芝田が復讐を企てていると固く信じ込んでいた。それを利用して、奥さんを殺させる計画まで立てたくらいですからね。ところが酒を飲み過ごすと、佐竹に芝田の人格が乗り移ってしまう。その場合、狙うべき人間は自分がよく承知しているから、唐沢父娘を殺したあと奥さんを狙わずに、柏木多美子を襲ったわけですね」

武部は白衣の袖のほこりを払った。

「まあ正確にいえば、乗り移ったのは現実の芝田ではなく、自分で思い描いた芝田の人格ですがね。医師の誤診を立証したいという気持ちが、そこに強く反映されているわけです」

吉永は腕を組み、首を捻《ひね》った。

「しかし今まで佐竹に、そんな兆候は見られなかったと奥さんは言ってますがね」

「それはたまたま、反社会的な行動に出るほど憎悪する対象が現れなかったからでしょう。それに病的酩酊というのは、外見では酔っているように見えないのが特徴でしてね」

吉永はうなずき、膝に手をついた。

「分かりました。また近いうちにお邪魔すると思いますが、そのときはよろしくお願いします」

立ち上がって頭を下げる。

そのまま院長室を出て行こうとしたが、戸口のところでふと振り返った。

「どうでしょうね、先生。佐竹は有罪になりますかね」

武部は肩をすくめた。

「分かりませんが、精神鑑定をすればおそらく、責任無能力と出るだろうと思いますよ」

「ということは、無罪ですか」

「たぶん。ただし都知事命令で、措置入院ということになるでしょうね、芝田と同じように」

「また措置入院ですか」

「ええ。しかし彼の場合は、芝田と違って症状が複雑ですから、退院できるまで回復するかどうか、なんとも言えませんな」

吉永は首を振り、黙って院長室を出て行った。

解説

千街晶之

逢坂剛。一般的にこの著者名から思い浮かぶ公約数的イメージは、「我が国におけるハードボイルド・警察小説の代表作家」というものだろう。ミステリ史に残る数々の傑作を発表し、押しも押されもせぬ大物作家となった今もなお、逢坂はまだまだ若い者には負けはしないと言わんばかりに、国産ハードボイルドの可能性を貪欲《どんよく》に追求し続けている。

しかし、一方で逢坂が、ハードボイルドや警察小説の枠内でしか語れない作家ではないのも、また事実である。彼の小説には、本格ミステリ作家顔負けの謎解きの要素があり、更に冒険の要素があり、のみならず心理サスペンスの要素までがある。しかもそれらの要素のどれを個別に取り上げても、超一流の水準に達しているのだ。逢坂を、「ハードボイルド作家」「本格ミステリ作家」「冒険作家」「心理サスペンス作家」などといった分類に押し込めることほど無意味な行為もあるまい。

敢えて呼ぶならば「ミステリ作家」。ミステリというジャンルのすべての要素を含んだ小説を書けるという意味での、真の「ミステリ作家」。逢坂剛を分類するには、それ以外の方法は思いつかない。「本格しか読まない」「ハードボイルドしか認めない」といったジャンル主義者をもひとしなみに満足させ得る、オールラウンドのエンターテイナー。百花繚乱のミステリ界にあっても、ミステリの面白さを改めて認識させてくれるという意味で、とりわけ頼もしい存在と言えよう。だが、考えてみると不思議ではないだろうか。彼の小説に取り上げられるモチーフは、実はかなり専門的、敢えて言えばマニアックなのである。

世間的なイメージには反するかも知れないけれども、筆者は逢坂剛ほど、自分の趣味に走った小説ばかり書く作家は珍しいと思っている（言うまでもないとは思うが、貶《けな》しているのではない）。そして、更に顰蹙《ひんしゅく》覚悟で誤解を恐れずに言わせてもらえば、彼は決して抽斗《ひきだし》の数が多いタイプの作家ではない。「スペイン現代史」「フラメンコ」「古書」「精神分析」「映画」……等々といったキーワードを幾つか挙げれば、彼の作品の殆どすべてが、それらのうちどこかに当て嵌《は》まることになるのだから。

しかし、故にこそ、筆者は興味深く感じるのである――これほどまでに自分の趣味嗜好にのみ忠実な作家が、かくも普遍的な面白さに溢れた小説を書き得るという事実について。スペイン史にせよ古書にせよ、ポピュラーとは言い難い、むしろ偏倚《へんい》な趣味嗜好の対象ではないだろうか。彼の映画の好みにしたところで、どちらかと言えば「通好み」の範疇《はんちゅう》に入るだろう。しかし逢坂は、読者の興味を引きつけて離さない物語を、そこから魔法のように紡ぎ出してみせる。小説家にとって重要なのは抽斗の数ではなく、その奥行きの深さなのではないか――彼の小説は、そんなことを改めて考えさせる。

マニアックな趣味性と、広い範囲の読者を魅了するストーリーテラーぶりとの奇蹟的な共存。そこに、逢坂剛という作家の最大の独自性があると思う。

本書『水中眼鏡《ゴーグル》の女』は、一九八七年二月に文藝春秋から刊行された、逢坂剛の第六短篇集である（各篇のヴォリュームからすると、むしろ中篇集と呼ぶべきかも知れない）。収録された三つの作品はいずれも、モチーフとして精神分析を扱っている。今となっては、逢坂の手持ちの抽斗の中では最もポピュラリティのある題材と言い得るけれども、発表当時としては、やはり特殊な専門領域という印象が強かった筈である。

精神分析はそれまでの逢坂作品でも繰り返し取り上げられており、『空白の研究』（集英社文庫）と『情状鑑定人』（集英社文庫）のそれぞれの表題作には、祝田卓という精神科医探偵も登場していたが、本書の収録作は、それら過去の作品よりも更にワンランク上の凝った趣向に挑戦している。中でも超絶技巧の域に達しているのが、表題作「水中眼鏡《ゴーグル》の女」なのだ。

この小説の奇数章では、光に対する過度の恐怖の余り、黒い水中眼鏡を常にかけている女性の訪問を受けた精神科医を語り手とする物語が綴られる。「奇妙な依頼人」パターンはホームズ譚《たん》以来のミステリの伝統だが、発端の謎の異様さにおいて、本作は過去の名作群にひけをとらない。一方、偶数章では、くだんの女性依頼人のミステリアスな挙動が描かれる。ふたつのストーリーは、やがて凄絶《せいぜつ》なカタストロフィのさなかで結びつく……。

著者はエッセイ「ハードボイルドは裏切りの文学か」（『書物の旅』所収）で、この作品について次のように述べている。

ミステリ以外の外国文学で好きだったのは、ドイツ浪漫派の作品群である。既成の形式美を打ち壊すのが浪漫派の一つの特徴で、ルートヴィヒ・ティークは『長靴をはいた牡猫』で破天荒な劇中劇を創造したし、E・T・A・ホフマンは『牡猫ムルの人生観』で奇抜な二重構造の小説を書いた。これは二つの独立した話が交互に脈絡もなく続くもので、わたしの『百舌の叫ぶ夜』はその手法を踏襲した作品といえなくもない。また『水中眼鏡の女』でも同じような手を使ったが、これは読者を誤導するための間合いを計るのに苦労した。中には仕掛けがよく分からないという人も出てきて、読み手によって評価の分かれる作品になってしまった。

これは『水中眼鏡の女』発表直後の一九八七年に書かれたエッセイだが、恐らく現在ならば、「仕掛けがよく分からない」という読者は、それほど多くないのではないかと思われる。類似したタイプの仕掛けのヴァリエーションを専門的に案出する作家も、昨今は随分増えてきたのだから。これはある意味、時代に先駆けすぎた小説だったのかも知れない。

筆者がこの作品を初めて読んだのはもう十年以上前のことで、思いもかけない結末に心底驚嘆したが、この解説を書くために久しぶりに読み返し、(当然結末は覚えていたから改めて驚きはしなかったものの)その小説技巧のただならぬ洗練ぶりに、改めて溜め息を洩らすことと相成った。深い謎に包まれた発端、先の読めない中盤の展開、効果的に配置された伏線、驚愕《きょうがく》と戦慄《せんりつ》の結末。短篇ミステリのお手本とも言うべき作品であり、日本ミステリ史に記録されるべき傑作と呼んでも差し支えない。

ところで、先のエッセイの引用には、ドイツ浪漫派からの影響が明記されているが、次に収録された「ペンテジレアの叫び」に登場する学者はドイツ文学者という設定になっており、作中にも浪漫派文学の題名が登場する（こういう点からも、逢坂が自分の嗜好に忠実であることが窺《うかが》える）。これは一組の夫婦の思惑が入り乱れ、事件にまで発展するプロセスを描いたサスペンス小説で、読み進めるうちに「どこかに罠《わな》がある」ということぐらいは見当がつくだろうが、誰が誰に対して罠を仕掛けているのかを見抜くのはなかなか難しいだろう。思わずひやりとする最後の一行の切れ味も抜群。

「悪魔の耳」は、かつて殺人を犯したものの、精神鑑定によって責任能力がないと判定され、無罪を言い渡された男が、精神病院から退院するところからスタートする。精神鑑定が孕《はら》む数々の問題は、マスコミの報道などによってお馴染《なじ》みだろうが、それを剥《む》き出しのかたちで読者にぶつけるのではなく、あくまでもどんでん返しに有機的に絡めているところが手練《てだれ》の業である。

以上三篇、凝りに凝った趣向と、ストーリーテリングの魅力とを兼ね備えた、まさに逢坂ミステリの真骨頂とも言うべき仕上がりを示していることは、一読していただければ判明する筈である。

これまでに集英社文庫から刊行された作品群の解説との重複を避けるため、本稿では逢坂剛の略歴を記さなかったけれども、愛読者ならば、本書刊行の翌年にサイコ・サスペンス長篇『さまよえる脳髄』（新潮文庫）が発表されたこと、更には『まりえの客』『デズデモーナの不貞』（ともに講談社文庫）といった「バー『まりえ』シリーズ」でも、精神分析が連作を通してのテーマになっていることをご存じだろう。また、「百舌シリーズ」とともに著者のライフワークである「岡坂神策シリーズ」でも、短篇集『クリヴィツキー症候群』（新潮文庫）の表題作などにおいて、精神分析への関心が顕在化している。

トマス・ハリスの作品に登場する天才殺人鬼ハンニバル・レクター博士が、もともとは優秀な精神科医であったことに象徴される如く、一般にサイコ・サスペンスにおいては、正気と狂気、善と悪の境界線は極めて危うい。が、そうであるからこそ、どこまでも意外性溢れるプロットの構築が可能でもある。善悪の区分も無意味なほど裏切りに溢れた作品世界に、どんでん返しを詰め込んだ物語を展開させる作家である逢坂が、サイコ・サスペンスというジャンルの可能性に早くから着目していたのは、必然的なことと言えよう。

恐らく逢坂剛は、今後も精神分析に対する関心を、繰り返し作中に取り上げ続けるに違いない――スペイン史や古書をモチーフにした作品が、これからも描き続けられるに違いないように。そして、そこからはきっと、新たな傑作が生まれ続けるだろう。彼が持ち合わせている抽斗の真の奥深さは、まだ誰も確認してはいないのだから。

この作品は、一九九〇年二月、文春文庫より刊行されました。

集英社文庫 目録（日本文学）

集英社文庫 目録（日本文学）

落合信彦 英雄たちのバラード
落合信彦・訳 第四帝国
落合信彦 男たちの伝説
落合信彦 アメリカよ！あめりかよ！
落合信彦 狼たちへの伝言
落合信彦 挑戦者たち
落合信彦 栄光遙かなり
落合信彦 終局への宴
落合信彦 戦士に涙はいらない
落合信彦 狼たちへの伝言2
落合信彦 そしてわが祖国
落合信彦 狼たちへの伝言3
落合信彦 ケネディからの伝言
落合信彦 誇り高き者たちへ
落合信彦 太陽の馬(上)(下)
落合信彦 映画が僕を世界へ翔ばせてくれた

落合信彦 烈炎に舞う
落合信彦 決定版 二〇三九年の真実
落合信彦 翔べ 黄金の翼に乗って
落合信彦 運命の劇場(上)(下)
ハロルド・ロビンス 落合信彦・訳 冒険者たち(上) 野性の歌
ハロルド・ロビンス 落合信彦・訳 冒険者たち(下) 愛と情熱のはてに
落合信彦 王たちの行進
落合信彦 そして帝国は消えた
落合信彦 騙《だま》し人《にん》
落合信彦 ザ・ラスト・ウォー
落合信彦 どしゃぶりの時代 魂の磨き方
落合信彦 ザ・ファイナル・オプション 騙し人II
落合信彦 虎を鎖でつなげ
落合信彦 名もなき勇者たちよ
落合信彦 小説サブプライム 世界を破滅させた人間たち
落合信彦 愛と惜別の果てに

乙一 夏と花火と私の死体
乙一 天帝妖狐
乙一 平面いぬ。
乙一 暗黒童話
乙一 ＺＯＯ１
乙一 ＺＯＯ２
古屋×乙一×兎丸 少年少女漂流記
乙一 荒木飛呂彦・原作 The Book jojo's bizarre adventure 4th another day
乙一 箱庭図書館
乙川優三郎 武家用心集
小和田哲男 歴史に学ぶ「乱世」の守りと攻め
恩田陸 光の帝国 常野物語
恩田陸 ネバーランド
恩田陸 ねじの回転(上)(下) FEBRUARY MOMENT
恩田陸 蒲公英《たんぽぽ》草紙 常野物語
恩田陸 エンド・ゲーム 常野物語

集英社文庫　目録（日本文学）

集英社文庫 目録（日本文学）

集英社文庫　目録（日本文学）

姜尚中　森達也　戦争の世紀を超えて　その場所で語られるべき戦争の記憶がある
姜尚中　母―オモニ―
木内昇　新選組 幕末の青嵐
木内昇　新選組裏表《うらうえ》録 地虫鳴く
木内昇　漂砂のうたう
岸田秀　町沢静夫　自分のこころをどう探るか　自己分析と他者分析
喜多喜久　真夏の異邦人　超常現象研究会のフィールドワーク
北杜夫　船乗りクプクプの冒険
北方謙三　逃《の》がれの街
北方謙三　弔《ちょう》鐘《しょう》はるかなり
北方謙三　第二誕生日
北方謙三　眠りなき夜
北方謙三　逢うには、遠すぎる
北方謙三　檻《おり》
北方謙三　あれは幻の旗だったのか
北方謙三　渇きの街

北方謙三　牙
北方謙三　危険な夏―挑戦Ⅰ
北方謙三　冬の狼―挑戦Ⅱ
北方謙三　風の聖衣―挑戦Ⅲ
北方謙三　風群の荒野―挑戦Ⅳ
北方謙三　いつか友よ―挑戦Ⅴ
北方謙三　愛《いと》しき女たちへ
北方謙三　傷痕　老犬シリーズⅠ
北方謙三　風葬　老犬シリーズⅡ
北方謙三　望郷　老犬シリーズⅢ
北方謙三　破軍の星
北方謙三　群青　神尾シリーズⅠ
北方謙三　灼光　神尾シリーズⅡ
北方謙三　炎天　神尾シリーズⅢ
北方謙三　流塵　神尾シリーズⅣ
北方謙三　林蔵の貌《かお》(上)(下)

北方謙三　そして彼が死んだ
北方謙三　波《は》王《おう》の秋《とき》
北方謙三　明るい街へ
北方謙三　彼が狼だった日
北方謙三　罅《ひび》・街の詩《うた》
北方謙三　皸《ひび》・別れの稼業
北方謙三　草《そう》莽《もう》枯れ行く
北方謙三　風裂　神尾シリーズⅤ
北方謙三　風待ちの港で
北方謙三　海嶺　神尾シリーズⅥ
北方謙三　雨は心だけ濡らす
北方謙三　風の中の女
北方謙三　コースアゲイン
北方謙三　水滸伝一～十九
北方謙三・編著　替天行道―北方水滸伝読本
北方謙三　魂の岸辺

集英社文庫 目録（日本文学）

北方謙三 棒の哀しみ
北方謙三 君に訣別の時を
北方謙三 楊令伝 一 玄旗の章
北方謙三 楊令伝 二 辺烽の章
北方謙三 楊令伝 三 盤紆の章
北方謙三 楊令伝 四 雷霆の章
北方謙三 楊令伝 五 猩紅の章
北方謙三 楊令伝 六 徂征の章
北方謙三 楊令伝 七 驍騰の章
北方謙三 楊令伝 八 箭激の章
北方謙三 楊令伝 九 遥光の章
北方謙三 楊令伝 十 坡陀の章
北方謙三 楊令伝 十一 傾暉の章
北方謙三 楊令伝 十二 九天の章
北方謙三 楊令伝 十三 青冥の章
北方謙三 楊令伝 十四 星歳の章

北方謙三 楊令伝 十五 天穹の章
北方謙三・編著 吹毛剣 楊令伝読本
北川歩実 金のゆりかご
北川歩実 もう一人の私
北川歩実 硝子のドレス
北村薫 元気でいてよ、R2-D2。
北森鴻 メイン・ディッシュ
北森鴻 孔雀狂想曲
城戸真亜子 ほんわか介護
木村元彦 誇り ドラガン・ストイコビッチの軌跡
木村元彦 悪者見参
木村元彦 オシムの言葉
木村元彦 蹴る群れ
京極夏彦 どすこい。
京極夏彦 南極。
京極夏彦 文庫版 虚言少年

桐野夏生 リアルワールド
桐野夏生 I'm sorry, mama.
桐野夏生 I N
草薙渉 草小路弥生子の西遊記
草薙渉 第8の予言
工藤直子 象のブランコ ―とうちゃんと
邦光史郎 坂本龍馬
邦光史郎 利休と秀吉
久保寺健彦 ハロワ！
熊谷達也 ウエンカムイの爪
熊谷達也 漂泊の牙
熊谷達也 まほろばの疾風《かぜ》
熊谷達也 山背郷
熊谷達也 相剋の森
熊谷達也 荒《あら》蝦夷《えみし》
熊谷達也 モビィ・ドール

集英社文庫

水中眼鏡《ゴーグル》の女《おんな》

2003年2月25日　第1刷　　定価はカバーに表示してあります。
2014年10月6日　第3刷

著　者　逢坂《おうさか》　剛《ごう》

発行者　加藤　潤

発行所　株式会社　集英社
東京都千代田区一ツ橋2-5-10　〒101-8050
電話　【編集部】03-3230-6095
【読者係】03-3230-6080
【販売部】03-3230-6393(書店専用)

印　刷　大日本印刷株式会社

製　本　大日本印刷株式会社

フォーマットデザイン　アリヤマデザインストア　　マークデザイン　居山浩二

ISBN978-4-08-747542-5 C0193